推理悬疑故事选译

江户川乱歩

李晓光
黄丽珠

櫂歌書房

推理悬疑故事选译

江户川乱步

李晓光
黄丽珠

櫂歌書房

First published in Japan in 2023 by Touka Shobo,
Tel: +81-92-511-8111
(092-511-8111 in japan)
Fax: +81-92-511-6641
(092-511-6641 in japan)
e-mail: e@touka.com
Address: Sarayama 4-14-2, Minami-ku,
Fukuoka 811-1365, Japan

Library of Congress Cataloging-in-Publication Data
ISBN 978-4-434-32412-3

First Edition

D 坂杀人事件

（上）事件

那是九月上旬一个闷热的傍晚。我当时正在一家名为白梅轩的咖啡馆里细细品味着冰咖啡，这家咖啡馆位于 D 坂大街的中段。那时，我刚毕业不久，还没找着什么像样的工作，整日无所事事地待在出租屋里看书，看书看得厌烦了就出来闲逛，逛到不想逛了就找家便宜的咖啡馆消磨时间。白梅轩离我的住处很近，无论去逛哪里，都是必经之地，因此这里成了我经常光顾的地方。而且我这个人还有个坏习惯——在咖啡馆一坐下就不想起来。又因为我一直以来都是那种食欲很小的人，再加上囊中羞涩，所以从不点西餐，只会点上一杯便宜的咖啡，再续个两三杯便可以打发一两个小时。不过我可不是因为对那里的女服务员有意思才去的，而是因为与我的出租屋相比那里实在舒服而且上档次，对我来说确实是个消磨时光的好去处。那天晚上，我照例点上了一杯冰咖啡，坐在我临街的老位置上，一边品味着咖啡一边望着窗外发呆。

这白梅轩所在的 D 坂大街，以前因用菊花做的人偶而闻名。当时，D 坂狭窄的小街道因为区划整改而被拓宽成好几间（日本一间大约是 1.8 米）宽的大马路，街道两侧十分空旷，与现在相比较为萧瑟。越过白梅轩店前的宽敞大路，正对面有一家旧书店。事实上，我从刚才开始就一直观望着这家旧书店。简陋的书店好像没有什么值得看的地方，但我却对此有着特别的兴趣，这是有原因的。最近，我在白梅轩认识了一个男人，名为明智小五郎，在与他交谈后发现他着实是有一些奇怪，模样看上去倒挺聪明，而我对他感兴趣的点是他喜欢看侦探小说。前几日，我从他口中听说，那家旧书店的老板娘是他的青梅竹马，就我在那仅仅只有买过两三次书的残存记忆来说，那家店的老板娘是个很不寻常的美女，倒不是说老板娘长得多么好，但就是散发着一种让男人为之倾倒的魅力。她几乎每天晚上都在店里照看生意，想必今晚一定也不例外。但在两间半大小的店里，我却没有发现任何人。反正她总会出来的，我便目不转睛地望着。

然而，老板娘却迟迟没有出来。正当我感觉有些无聊，想把视线移向旁边的钟表店时，却瞥见旧书店里那隔档着店铺和里间的纸拉门上的格子窗突然砰的一下关上了——那是一种被专业人士称之为“无窗”的纸拉门，一般本来应该铺上纸的中间部分被纵向的格子条所取代，这样一来就方便开关了——咦？这可就奇怪了。按道理来说像旧书店这种容易被偷窃的店，即使人不在店内看着，也应当有人在里间透过纸拉门的缝隙时不时地看着店铺。但现在那个缝隙却被关上了，属实是很诡异。如果是天冷为了挡风也倒罢了，可这时正是九月，傍晚的天气又是如此的闷热潮湿。依我看，就纸拉门是关着的这点来看，这件事情就很古怪。经过多番思考，我觉得旧书店里一定发生了什么事情，便再也没挪开过视线。

提到旧书店的老板娘，我曾听到过咖啡店的女服务员们谈论关于她的奇怪传闻。当时她们好像在说澡堂里碰到的老板娘和其他姑娘的闲话，然后就有人说："那家旧书店老板娘，不要看它她长得那么漂亮，其实脱掉衣服，身上都是伤，有被打的印子还有抓伤的痕迹。也没听说他们夫妇二人关系不和啊，真是怪了。"说到这里，另一个女人接过话茬继续说道："跟他们旧书店并排的那家荞麦面店'旭屋'的老板娘也是，身上也经常带着伤，也像是被打的。"……在听到这些传闻的时候我并没有多想些什么，只是认为她们的丈夫冷酷无情。诸位，事情其实并没有那么简单。我也是后来才知道，这虽然看起来是很小很小的事情，却与整个故事有很大联系。

这件事先暂且不论，我盯着旧书店已经快半个小时了。我总有种预感，一旦我往别处看，被我盯着的旧书店里就会错过些什么。因此我不得不一直盯着它。就在这时，先前提到的明智小五郎和往常一样穿着粗竖条纹的浴衣，一边走着一边晃动着肩膀，正好从我面前的窗外经过，他注意到我后向我点头打招呼并走了进来。他先是点了一杯冰咖啡，然后像我一样面朝窗子并且在我旁边坐下。他注意到我一直盯着一处看后，顺着我的视线也朝旧书店望去。有些不可思议的是，他好像也很有兴趣的样子，再也没有移开过视线，一直直勾勾地看着那里。

我们就像商量好的一般一边看着相同的地方，一边聊着无关紧要的闲话。在那时，关于我们聊天的内容我都有点记不清了。那些聊天的话和接下来故事的关联不大，就不费力叙述了吧。不过我能确定的是谈话的内容是和犯罪、推理有关。一定要说一个的话，大致如下：

"世界上真的不存在完美犯罪吗？我认为这个可能性其实还是很大的。比如，在谷崎润一郎的那本《途上》，像书里的那样的犯罪怎么可能被发现，虽然小说里结尾说的是侦探还是破案了，但实际上那只是作者杰出想象的产物罢了。"小五郎这样说道。

听完小五郎的话，我忍不住地反驳道："不，我并不这么认为。先不谈论实际问题，单从理论上来讲，就没有侦破不了的犯罪。只不过，像《途上》里描写的那样优秀的侦探在现实世界中很少罢了"

大概是像这样的闲聊吧。但是一瞬间，我们又默契地同时止住了自己的声音。就在我们从一开始就一边聊天一边盯着的旧书店里，突然发生了一件有趣的事。

"你应该也注意到了吧？"我小声说道。

小五郎也立刻回答说："你是说偷书贼吧？还真是奇怪，从我来这里开始就一直盯着对面，这已经是第四个了吧。"

我说道："你来这儿还不到半小时呢，居然有四个偷书贼，太可疑了。我在你来之前就一直盯着对面呢。大概一个小时之前吧，在看到我纸拉门上的格子窗被关上之后，便一直留心注意着那里。"

小五郎说道："是不是家里的人都出去了？"

我说道："可是那个纸拉门一次都没有打开过，难道是从后门出去的吗？……都已经半个小时了，店里还是无人看守，真够可疑的。要不要一起去看看是什么情况，怎么样？"

小五郎说道："有道理。即使家中没有异常情况，也保不齐外面发生了什么。"

我心想要是碰上了犯罪事件那就太有意思了。我一边怀着这种想法一边走出了咖啡馆。小五郎应该也有同样的想法吧，因为他看上去有些兴奋。

店里与普通的旧书店没有什么区别，三合土地面，没有铺设地板，正面和两侧都安装着快要到屋顶的大书架，书架的半腰处是用来摆放书籍的台子。店里还有一个长方形的案台，像岛屿一般安置在屋子中央，这是用来摆放书籍的。正对面书架的右边空出了大概三尺大小的位置，是通向里间的过道，先前提到的纸拉门就立在此处。老板或是老板娘总是坐在拉门前的那张只有一半的榻榻米上看店。

小五郎和我走到榻榻米那里，大声询问是否有人在，却没有得到任何回应。看来真的是没有人。我稍微拉开纸拉门朝里面望去，里面没有开灯，黑漆漆的。好像有个人倒在了房间的角落，我觉得可疑就又喊了一声，但是依旧没有人回答。

"不管那么多了，进去看看是什么情况吧。"

于是小五郎和我无所顾忌地踏入了里间，就在小五郎打开手电的那一瞬间，我们俩同时"啊"地一声叫了出来——屋内的角落里竟然有一具女人的尸体。

片刻的受惊后我终于说道："是这里的老板娘吧？看样子像是被人勒住脖子窒息而死的。"

小五郎走进尸体查看然后说道："已经没有抢救的可能性了，得快点报警才行。这样我去找公共电话报警，你留在这里看着案发现场。最好先不要让附近的人知道，要是破案线索被破坏了就糟糕了。"他对我吩咐了这些话之后，就朝着五十米开外的公用电话亭飞奔而去。

平常里我虽然总是想着犯罪、侦探这些的，但都是纸上谈兵。如今还真是第一次亲自经历。我感到有些手足无措，只能目不转睛地盯着屋里。

这是一个六帖（日本一帖等于 1.62 平方米）大小的房间。里间右侧的房间外是一条大约一间宽的狭窄走廊，走廊外是一个大约两坪（日本一坪大约等于 3.31 平方米）的院子和厕所。院子朝外的是用木条钉成的栅栏墙。因为正是夏天，所有的栅栏全都是开着的，所以从外面很容易便能看到屋内。拉开推拉门，靠左边的半间房是大概是两帖大小，连接着后门的厨房，后门上及腰高的拉门是关着的。房子的右侧四个隔门也紧紧地关着，里面似乎是通往二楼的梯子以及储藏室。整个屋子就是很平常的简单长屋布局。

老板娘就倒在左边墙壁附近，头朝着店铺方向。我为了尽量不破坏案发现场，加上心里实在是害怕，所以极力回避老板娘的尸体。但是由于房间是在过于逼仄，即使主观上不想看，视线也会不由自主地落到尸体上。老板娘穿着粗糙的中型花纹浴衣，几乎仰面地躺在那里。但是，虽说她和服被卷到膝盖以上露出大腿的位置，但没有什么反抗的迹象。脖子那里虽然看的不是很清楚，但是似乎有着被勒过得痕迹，泛着青紫色。

此时，外面的街上人来人往络绎不绝。可以听见有人在大声谈话，有人穿着木屐咔哒咔哒的走过，有人醉醺醺地哼唱着流行歌曲，实在是一片太平盛世的景象。可只是一面纸拉门之隔的地方却有一个女人却惨死在此，这是多么的讽刺啊。不知为何我觉得有些伤感，呆呆地伫立着。

就在这时，小五郎气喘吁吁地赶了回来，说道："警察应该快来了。"

"啊，那就好。"不知为何我觉得开口说话都有些艰难，之后我们两个人便一直一言不发只是面面相觑地等待着警察的到来。

没过一会儿，一个身穿制服的警察和一个身穿西服的男人一起来到了案件现场。我后来才知道，身穿西服的那位是 K 警察署的司法主任。而那位身穿制服的警察，从他的打扮和所携带的物品，可以判断出是 K 警察署的法医。

我和小五郎向司法主任大致说了一下发现尸体的经过。并且我补充道："这位明智先生来咖啡馆时，我凑巧看了下时间，当时大概是八点半。所以，据我推测，纸拉门上的格子窗可能是八点左右被关上的。我记得那时电灯还是开着的，所以房间的人应该还活着。"

在司法主任一边听我们陈述一边记着笔录。这期间，法医在对尸体进行了初步的检查，法医等我们说完后，他说道："死者的死因是被人用手掐住脖子导致的窒息而亡。请看这里，这紫色部分是指痕，而且这里的出血点是被指甲抓伤造成的。通过脖子右侧的拇指痕迹可以推测出凶手是右手行凶。从尸体状态来看，死亡时间还不到一小时，不过已经没有生还的可能了。"

司法主任思虑再三，然后说道"凶手应该是从上方压制住死者的吧？但是，如果是那样的话，为什么没有一点反抗的痕迹呢……恐怕凶手动作很快，而且力气很大。"

随后，他又问我们这家店男老板去了哪里，但是我们对此一无所知。小五郎灵机一动，把隔壁钟表店的老板喊了过来。

司法主任与钟表店老板的问答大致如下：

"你知道这家旧书店的老板去哪了吗？"

"老板每晚都去摆摊卖旧书，平时不到十二点是不会回来的。"

"他去哪里摆摊了？"

"好像经常去上野的广小路那里，但今晚去什么地方了，我也不是很清楚。"

"一个小时之前，有听到什么动静吗？"

"您说的动静是指？"

"这不是很明显吗？当然是问你有没有听到女人被杀时的呼救声、打斗声之类的……"

"我没有听到什么特别的声音。"

在询问期间，附近的人听到消息后都凑热闹聚集在这里，旧书店外门前被挤得水泄不通。人群中还有隔壁布袜店的老板娘，她印证了钟表店老板说的话，她也说自己没听到任何不寻常的动静。而店外的邻居们正商议着派个人寻找旧书店老板。

此时，外面传来汽车刹车声，紧接着一伙人一下子涌了进来。他们是接到警方紧急通报而赶来的法院的相关人员，也有同时到达的K警察署署长，还有当时很有名的名侦探小林刑警等一行人。当然这是之后才了解到的，因为我有一个朋友是司法记者，他和负责这个案件的小林刑警有很深的交情，所以我日后向他打听了很多与此相关的调查情况。最先到的司法主任走到他们面前说明了目前为止的情况，我和小五郎也不得不再次陈述一遍刚才所说的话。

“把外面门关上吧！”突然，一个身穿着黑色羊驼上衣和白裤子，看上去像是个基层公务员的男人大声说道，并立即关上了门，他就是小林刑警。在赶走了看热闹的人之后，他便开始着手侦查。他的一言一行都显的旁若无人，好像检察官和署长都不在他的眼里。从始至终都是一个人在行动，其他人好像是为了旁观他的敏捷行动而来。他先是检查了尸体，格外细致地观察了颈部。他看着检察官说道：“这个拇指的痕迹没有什么特别之处，也只能看出凶手是右手行凶，除此之外看不出其他的线索。”

然后他说需要脱去死者的衣服进行进一步的检查。于是，就像是议会里要召开秘密会议一样，作为旁听者的我们，只能被赶到前面的店面里了。所以在此期间我不知道他们有什么发现。但据我推测，他们一定注意到了死者身上的很多伤痕，就是咖啡馆里的女服务员曾经说到的那种。

不久，这个秘密会议结束了，但我们依然没有被允许进入屋内，我们只能待在店铺与里间之间的榻榻米处，通过缝隙不时向里窥看。幸运的是我们是这起案件的发现人，并且之后还需要采集小五郎的指纹，所以我们才能一直待到最后而没被赶走，或许说是被扣留下来才更为贴切。小林刑警的侦查不局限在里间，屋内屋外都被他给侦查了个遍。被限制在一隅的我们无法清楚地了解到侦查的具体情况。不过好在检察官一直待在屋内没有动，每当小林刑警向检察官汇报侦查结果时，我们正好能听得一清二楚。检察官让书记员根据小林警官的报告整理出案情调查纪要。

首先，小林刑警对死者遗体所在的房间进行搜查，但是没有发现任何遗留物、脚印等重要的线索。不过，有一样东西除外。

“电灯开关上有指纹！”小林刑警一边在黑色橡胶材质的开关上撒上白色粉

末一边说："根据这前后发生的事来看，关灯的人就是凶手。不过，你们二位有谁开灯了吗？"

小五郎回答说是自己。"这样啊，那请你等会儿让我采集一下你的指纹。不要碰这个电灯，就这样取下来带走吧。"

之后，小林刑警又上了二楼检查了一番，过了好一会儿才下来，然后又紧接着去检查后面的巷子。大概过了十分钟，他提着手电筒还带着一个男人回来了。男人上身穿着很脏的夹克衫，下身穿着卡其色裤子，有些邋遢，大约四十多岁。

小林刑警报告说："找不到任何有用的脚印，巷子那边由于采光不好路面十分泥泞，木屐留下的痕迹杂乱无章，实在是无法分辨。话说回来，这个人……"他指着刚才带回来的男人又说道："他在巷子的拐角摆摊卖冰淇凌，如果凶手从后门逃跑，巷子只有一个出口，那么必定会被他看到。请你再回答一遍我刚刚的问题。"

如下是冰淇凌摊主与小林刑警的问答：

"今晚八点左右，看没看见有人进出过这个巷子?"

"一个人也没有，这条巷子天黑了以后，就算连只猫都不会有。"冰淇凌摊主颇有要领地回答道，"我在这里摆摊也有很长一段时间了，到了晚上，就连这边大杂院里的大婶们都很少经过这条巷子，不但巷子里的路泥泞难走，而且还漆黑一片。"

"你的客人中有人进入这条巷子吗？"

"没有，大家在我面前吃完冰淇凌后就原路返回了，这点我敢确定。"

如果冰淇凌摊主说的是实话，那么即使凶手是从后门逃走的，他也没有从这条巷子的唯一出口离开。而且凶手是不可能从大门逃跑的，因为我们一直在对面的白梅轩看着。那他究竟是如何离开的作案现场呢？根据小林刑警的推测，像这种情况，凶手要么是藏在巷子两侧的某一间长屋里，要么他本来就是这里的租客。当然凶手也有可能是从二楼顺着屋顶逃跑的，可是根据警察在二楼的勘察结果，房屋正面的窗户是安装着格子窗，没有动过的痕迹。后面的窗子，在这闷热潮湿的天气下，几乎每家都是开着的，并且还有人在晾衣服的地方乘凉。所以，要想从二楼顺着房顶是逃走不是太现实。

于是，现场搜查人员关于接下来的搜查方针进行了讨论，最后他们决定分头行动，挨家挨户地进行地毯式搜索。话虽然是这样说，但是里外的长屋合计也就十一家，调查难度并不大。与此同时的旧书店中，搜查人员再次从上至下进行地毯式搜索，结果却依然是一无所获，情况变得扑朔迷离了起来。之所以这样说道，是因为与旧书店隔了一家店铺的点心店老板，天黑之后就一直在屋顶的露台上吹奏尺八（乐器名）。从始至终他就那个位置上，可以清楚地看到旧书店二楼的窗户，如果凶手从窗外逃跑，他不可能会不知道。

各位读者，有没有觉得案件的进展变得有趣了起来。凶手是从哪里进去的？又是从哪里逃跑的呢？既不是从后门，也不是从二楼的窗子更不可能是从前门。难道凶手从一开始就不存在？或者说是化成一缕烟消失了？令人觉得不可思议的不止这些。小林刑警将两名学生带到检察官面前，而他们的陈述却十分有意思。他们俩租住在后侧的长屋，是工业学校的学生，看上去不像是会胡说八道的人，但他们的陈述却让整个案件变得更加疑云重重。

面对检察官的提问，他们的回答大致如下：

“我是八点左右来这家书店翻看台子上的杂志的。突然间，我听到里间不知怎么的有响动，我就不由自主地朝纸拉门那看了一眼。虽然拉门是关的，好在格子窗是开的，透过缝隙我看到一个男人站在那儿。我正准备往上看的那一瞬间，那个男人同时把格子窗给关上了。具体什么情况我不知道，但通过腰带的样式，我能确定他是个男人。”

“除了他是男人这一点，你还有其他注意到的地方吗？比如他的身高、和服的样式之类的。”

“当时那个位置我只能看到他的腰部以下，所以身高我不太清楚。不过和服是黑色的，可能有什么细条纹和碎花纹图案。但我眼睛看到的只有纯黑色的和服。”

“我当时和他一样，也在看书。”另一个学生也说，“我也注意到了那个响动并且也看到了被关闭的格子窗。但是，我看到的却是那个男人穿的是白色的没有花纹也没有图案，是纯白色的和服。”

“这就奇怪了，你们当中有谁搞错了吧。”

“绝对没有错。”

“我从来都不说谎。”

这两位学生所做出的相反的陈述，究竟意味着什么呢？聪明的读者们，恐怕已经注意到了吧。事实上，我也注意到了这一点。但是，法院和警察署的人对此并没有深究。

没过多久，死者的丈夫，也就是旧书店的老板接到消息赶了回来。他有些瘦弱，年纪也比较小，看上去不像是一个卖旧书的。看见自己妻子的尸体，也许是有一些性格懦弱吧，没敢放声痛哭，而是扑簌扑簌地流着眼泪。小林刑警等到他心情平复后，对他进行了询问，检察官也在小林刑警问完后接着盘问。但是，令他们感到失望的是，老板也没有任何关于凶手的头绪。他只是哭着说："我们平时没有和任何人结怨。"然后，他又四处检查了一边，也确定家中没有任何财物被盗。随后，警方对老板的经历和老板娘的身世等进行了盘问，也还是没有任何可疑之处。这些对话与案件关联不大，所以此处省略不谈了。

最后，小林刑警问起死者身上的多处伤痕是怎么造成的，老板有些支支吾吾，最终承认是自己所为。但是，无论怎么询问他原因，他都没有给出明确的回答。旧书店老板晚上一直在外面摆摊，所以即使尸体的伤痕是他施虐所导致的，但也与老板娘的死没有什么关系。相比警方是如此推测的吧，因此，没有对伤痕这个问题上追根究底。

就这样，那晚的调查暂时告一段落。警方让我们留下了自己的住址和姓名，又提取了小五郎的指纹。等我们离开的时候，已经是凌晨一点多了。

如果警方的搜查没有遗漏，证人们也没有说谎的话，那这确实是一桩匪夷所思的案件。而且，我后来才了解到，从案发第二天就一直在调查的小林刑警，所获得的证词毫无价值，案件的发展仅仅停留在当晚所掌握的情况而没有任何其他进展。证人们提供的证词都值得信赖，十一家长屋的住户也没有可疑之处，甚至连受害者的家乡都调查了还是一无所获。而小林刑警，这个被称为名侦探的人，在尽全力调查后也只能得出这样的结论——这是个无法破解的案子。后来我还听说，小林刑警唯一的物证，那个被带回去的电灯开关，让人很失望，那上面除了小五郎的指纹之外没发现其他任何人的，或许是小五郎那晚有些惊慌失措，因此留下了大量的指纹。小林刑警猜测小五郎可能将凶手的指纹给抹掉了。

各位读者，看到这里，是否联想到了爱伦·坡的《莫格街凶杀案》或者柯南·道尔的《斑点带子》呢？换句话说，这起杀人事件的凶手可能不是人类，而是类似于猩猩、印度毒蛇之类的动物呢？其实我也曾这么想过。但是，显然东京的D

坂不会有此类物种。证人也说过透过纸拉门的缝隙看到了男人的身影。如果是猩猩之类的话，不可能不留下足迹，也不可能不被人发现。而且，死者脖子上的的指痕可以证明是人为的，蛇是不会留下那样的痕迹的。

不管怎么说，小五郎和我在那天回去的路上兴奋地聊了许多。试举一例其中的对话如下：

“你知道爱伦·坡的《莫格街凶杀案》和卡斯顿·勒鲁的《黄色房间的秘密》的取材——巴黎的 Rose Delacourt 案吗？即使是一百多年后的今天，那起案件仍然有许多没解开的谜团。今天的案件让我想起了它，凶手也是没有任何踪迹，从这一点来看今天的杀人案那个案件很像。”

“是啊，真的很不可思议。虽然经常有人说在日本式的建筑里无法发生像外国侦探小说那样严重的案件，但我从不这么认为。现在这案子不就发生了吗？虽然不知道自己能不能行，但我想破解这个案子。”

然后，我们在小巷子道了别。拐过巷子后，我还清楚地记得小五郎晃着肩膀走路的背影，以及他那件在黑暗处十分显眼的粗竖条纹浴衣。

（下）推理

案件发生大约十天后的某天，我去拜访了明智小五郎。在这十天的时间里，我和小五郎对于这起案件做了怎样的努力，有怎样的推理又得出了什么结论？各位读者，这些问题通过我们接下来的对话，你们就能清楚地知道了。

在此之前，我只在咖啡馆和小五郎见过面，上门拜访他，我还是第一次。因为先前问过他的地址，所以找起来没费什么周折。我站在一家好像是他描述过的烟草店前，向老板娘询问小五郎在不在家。

“嗯，在的。稍等一下，我去叫他。”她边一边说着，一边走去从外面就能看到的楼梯口那里大声地喊着小五郎。小五郎在这家店的二楼租宿。

“哦”地响起一句奇怪的回答声，然后小五郎踩着地板咯吱咯吱地从楼上走下来，一看到是我，就满脸惊讶地说：“呀！快上来吧。”然后我跟在他后面上了二楼。就在我刚准备踏入他的房间时，就被看到的情景震惊到了。房间的布局实在是太奇怪了。虽然我早知道小五郎是个奇怪的人，但没想到他能这么奇怪。

倒也不是因为别的什么让我很惊讶，就是仅仅只有四帖半大小的房间里堆满了书籍。只在中间留了一些空地，中央隐约可见铺的榻榻米，除此之外全是堆得像山一样的书籍。沿着四周的墙壁和隔扇，下面的地方摆满是书，越往上空间越小，一直到天花板附近，这些堆得像堤坝一样的书，从四周压迫过来。除此之外，房间里没什么生活用具，他究竟是怎么在这个房间睡觉休息的，我对此深深地感到疑惑。并且，主人和客人连个坐的地方也没有，要是想稍微动动身体，恐怕转眼间用书垒成的“堤坝”就会坍塌，把人砸坏。

“家里面有点挤，也没有坐垫，不好意思。随便坐在软和的书上吧。”小五郎说道。

我拨开眼前的“书山”，终于找到了能坐的地方。但是我实在是太震惊了，半天才缓过来神，然后开始茫然地打量着周围。

我必须提前在这儿大致说明一下，对于这间奇特屋子的主人——明智小五郎的为人，因为我与他才认识不久，他有着怎样的经历，过着什么样的生活，人生的观念是什么等等我都不知道。但我清楚的是他没有固定工作是个游民，硬要说的话，也能把他称之为书生。但是作为书生，又实在有些怪异。我曾经听他说过：“我正在研究人哦。”可那时我并不明白他这话的意思。不过，我唯一知道的是他对犯罪和侦探之类有着很深的兴趣，并对此有着丰富到可怕的理论储备量。

小五郎和我年纪相仿，不会超过二十五岁。他很瘦，就像先前所提到的，他走路会不自然地晃动着肩膀，但并非是那种“豪杰侠客”走路的类型。拿一个奇男子来举例吧，就是是个一只手残疾的说书人，名叫神田伯龙。看到小五郎的走路姿势就会让人联想到他。提到这个伯龙，小五郎不论是外表还是声音，都与他很相似。如果有读者没见过伯龙的话，那就想想你们认识的人中，有没有那种说不上是什么美男子，却有着吸引人的独特人格魅力的人，最好长着一张天才模样的脸——不过小五郎的头发更长而且乱蓬蓬地缠在一起。小五郎有个习惯，在与人说话时喜欢用手指去绕他的头发，似乎是想要把他的头发弄得更加凌乱。他在穿着方面也不是很讲究，总是穿着一件棉质的和服，然后围上一圈邹邹巴巴的兵儿带（用整副布捋成的腰带）。

“你居然直接来找我了。在那之后，有段时间没见了。D 坂大街的那个案件怎么样了？警察那边好像没有关于凶手的头绪啊。”小五郎一边绕着头发一边盯着我说。

“其实，我今天就是为这事才来找你的。”但是对于接下来的话我该如何开口，我开始犹豫起来，“那起案件发生了之后，我想了很久。当然也不光是想，还像侦探一样去实地调查，最终我得出了一个结论，想来告诉你。”

“哦吼，那可太好了，我洗耳恭听。”

我没错过他眼中既轻蔑又笃定的神情，似乎肯定了我不可能说出些什么。这让我原本犹豫不决的心变得坚定，我鼓起干劲开始了自己的推理。

“我有一个朋友是做新闻记者的，他和负责这起案件的小林警官有些交情。通过他我知道了些警方那边的情况，警察他们好像还没有明确的搜查方向。虽然他们做了很多，却没有什么有用的收获。那电灯地开关也没有起到什么作用，上面只找到了你的指纹，警方认为是你的指纹将凶手的指纹给覆盖了，因此他们现在陷入了僵局。在了解到这些后，我倒想亲自去调查看看。所以我想问你，你觉得我会得出什么结论呢？而且，我又为什么会在告诉警察之前，先跑来告诉你呢？”

“这些先暂且不提，我在案发当天开始就注意到了一件事。你应该还记得吧？当问那两个学生疑似凶手的男人衣服颜色时，他们却给出了完全不同的描述。一人说是黑，一人说是白。虽说人的眼睛未必可靠，但将完全相反的黑白两色搞错，这根本就不可能。我不知道警方对此会有何解释，但我认为他们俩谁也没有弄错。你知道吗？因为凶手刚好穿着黑白拼色的和服……或者说他穿了一件黑色粗条纹的浴衣，旅馆里经常租借给客人用的那种浴衣。那么，为什么一个人看到的是黑色而另一个人看到的是白色呢?那是因为他们是透着格子窗的缝隙看的，正好在那个瞬间，从一个人的角度看去，和服的白色部分与格子窗的间隙重合，而另一个人的角度正好是黑色部分重合。虽然是极罕见的偶然，但也不代表不会发生。并且，这种情况也只能这样想了。”

“虽然知道了凶手衣服的条纹花样，但也只能缩小搜查范围，无法确定凶手是谁。第二个证据就是电灯开关的指纹。在我刚刚提到的那位记者朋友的帮助下，拜托小林警官把那个指纹——也就是你的指纹，仔细地检查了一下。结果与我的推理似乎一样。对了，你有没有砚台，借我用一下。”

接着，我当着小五郎的面做了一个实验。先向他借用砚台，然后将自己右手大拇指沾上薄薄的墨汁，再从怀中掏出一张纸并在上面按下了一个指纹。等纸上的指纹痕迹干了之后，再重复一遍先前的过程将右手大拇指再次按在之前的那个指纹上。不过，这次将手指的方向稍微变了一下。做完这些后，竟然看到纸上清楚地显示着互相交错的双重指纹。

“警方那边的解释说，你的指纹盖在了凶手指纹上，才导致凶手的指纹被覆盖。但是，通过刚刚的实验得知这是不可能的。不论多么用力的按压，因为指纹是由线条构成的，线条与线条之间的缝隙里，应该留有先前指纹的痕迹。如果前后指纹完全一致，而且按压方法和指纹大小也一样，那指纹的线条可能会重合，或者后面的指纹会将先前的指纹给遮住，但事实上这是不可能的。即使存在这种情况，也并不会影响到我的结论。

“如果假定关灯的人就是凶手，那他一定会在开关上留下指纹。我原以为是警察看漏了在你指纹线条间隙中其他人的指纹，所以就自己检查了一下，却没发现任何痕迹。也就是说，那个开关上从开始到最后，都只有你一个人的指纹——不知道为什么，开关上都没有留下旧书店里的人的指纹。可能房间的灯一直开着，从来没有关过吧。”

“你觉得以上这些事情说明了什么？我是这样想的：一个身穿粗竖条纹和服的男人——那个男人可能是死者的青梅竹马的男朋友，可能他们之间分手了吧——他趁着旧书店老板出去摆摊的空挡，袭击了留在店内的老板娘。因为店内没有发出异响也没有反抗的痕迹，所以老板娘一定认识这个男人。接着，达到目的后的男人，为了尸体能够不被发现，关掉电灯准备离开。但是，男人疏忽了，他先前并不知道格子窗是开着的，等到他发现后惊慌地关上时，正巧被店内的两名学生看到。之后，男人离开后又突然意识到，关灯时在开关上留下了自己的指纹。他想要去消除掉自己的指纹，但是再以同样的方法潜入屋内是很冒险的。于是，男人想出了一个绝妙的办法，那就是将自己伪装成这起杀人案件的发现者，这样做的话，就能很自然地去开电灯再次留下指纹，而且警察也不会因为先前指纹的问题而产生怀疑。谁也不会想到凶案的发现者就是凶手，实在是一举两得的妙计。就这样，他若无其事地看着警察调查，大胆地做证言。而且，结果也如他所料，不论过了五天还是十天，都不会有人来抓他。”

听了我的话明智小五郎会有什么反应呢？我原以为他会在我说的中途露出奇怪的表情或是打断我的话。但是，令我惊讶的是他面无表情。虽然他平常基本上喜怒不形于色，但今天的他也太过于平静了。至始至终他只是沉默地绕着他的头发，安静地听着。我心想小五郎到底有多么的厚颜无耻，然后做了最后的推理。

“你一定想问，那么凶手是从哪里进去又是从哪里逃跑的呢？的确，如果不弄明白这一点，即使弄清其它所有的事也没有意义。不过，真遗憾呢，这一关键点也被我侦探出来了。根据那晚的搜查结果，看似好像根本没有发现凶手的踪迹。但是既然杀了人，那么凶手就不可能没有来过。所以只能认为是警察的搜查有漏洞。虽然警察对此也是绞尽脑汁，但不幸的是，他们好像还不如我这一介书生。

“什么嘛，事实上这不是什么难事。我是这样想的，从警方的仔细调查来看，附近的邻居们好像没什么疑点。这样的话，凶手就是用了一个即使被人看到也不会被当作凶手的方法进入店里然后有走掉的。因此，即使有目击者，也完全没有问题。换句话说，凶手利用人们注意力的盲点——与我们眼睛的盲点一样，注意力也会有盲点。这就像是魔术师把在观众眼前的大物件隐藏起来一样，凶手可能也隐藏了自己。于是我便盯上了与旧书店一屋之隔的名叫旭屋的荞麦面店。”

与旧书店同一排的店面，右边是钟表店，点心店，左边是布袜店和荞麦面店。

“我去到荞麦面店，询问案发当晚八点左右有没有看到一个借用厕所的男人。那个荞麦面店你也是知道的吧，店内没有铺木地板，从店外往里去都是三合土地面，可以一直走到后门，厕所就在后门的旁边。所以如果以借用厕所为理由，从后门出去再回到店里是件很容易的事。冰淇淩摊在巷子的拐角处，不可能看见这边。况且，在荞麦面店借用厕所是很自然的一件事。经过询问，那晚荞麦面店的老板娘不在，只有老板在，这样一来就是不可多得的好机会了。多厉害啊，想出了这么个好主意。”

“果然如我所料，那个时间段有借用厕所的人。不过遗憾的是，老板记不清那个男人的相貌和穿着了——然后我立刻把这个线索通过我的朋友告诉小林刑警。小林刑警也亲自去荞麦面店调查过，但是没有找到其它线索。”

我说完然后停顿了一下，给小五郎充足的发言机会。从他的立场来看，不应该一言不发。然而，他依然只是在绕着头发，一副若无其事的样子。说到现在我一直是出于敬意委婉暗示，现在不得不直接质问了。

“我说，明智君，你应该懂我的意思吧。所有的铁证都指向你。坦白来讲，我打心底里不想怀疑你，可是所有证据都摆在眼前，我也没办法。我原本想也许长屋内也有穿粗竖条纹浴衣的人，可是我费尽心思地调查后发现并没有这么一个人。仔细想想也是这样，即使是条纹浴衣，能和那个格子的缝隙完美重合的浴衣得多么夸张，相必也少有人穿吧。而且，指纹的计谋，借用厕所的计划，实在是过于巧妙，如果不是像你一样的犯罪研究者，普通人是很难想到这么高深的计谋。另外，还有一点可疑的是你明明是死者的青梅竹马，而那晚警察调查死者身份时，在一旁听着的你却没有对警察说明。

“你现在唯一的依靠是不在场证明吧。显然，这一点也无法证明你的清白。你还记得吗？那晚回去的路上，我问过你在来白梅轩之前在哪儿。你回答说在那附近散了一个小时左右的步。即使有人看到散步，那么你在散步中途去荞麦面店借用厕所也是很正常的。明智君，我说的有错吗？怎么样？如果可以的话，我想听听你的解释。”

各位读者，你们猜一猜在我的逼问下，奇人明智小五郎会作何反应呢？羞愧地低头认罪？可是他的反应出人意料，更让我有些产生了一些挫败感的是他居然哈哈大笑起来。

“对不起，失敬失敬，我绝对没有想嘲笑你的意思，只是看你太过于认真了。”小五郎解释道，“你的想法很有趣，我很开心能结交到像你这样的朋友。只不过可惜的是，你的推理过于表面而且过度依赖于物质。举个例子，我和老板娘之间的关系，我们是哪种类型的青梅竹马，这一点你调查过吗？我和她以前有没有谈过恋爱？现在对她有没有恨意？这些你都有注意到吗？那晚我之所以没有对警察说我和她认识，原因很简单。因为我知道这个信息有没有参考价值。我还没上小学之前就和她分开了，就在最近才得知我们竟然是儿时的玩伴，也就才说了两三次话而已。”

“那指纹的事怎么解释呢？”

“你以为那天之后我就什么都没做吗？我也是做了很多调查的，几乎每天都在 D 坂闲逛，尤其是旧书店。我也和书店老板聊了许多，我趁此机会将我与老板娘认识之事告诉了老板，没想到反而省了我不少事情，就像你通过你的记者朋友了解到警察那边的情况一样，我从旧书店老板那里也了解到一些关于案件的事。因为迫切地想弄清楚指纹的事，我还去检查了一番，哈哈……现在想来有些可笑。其实是灯泡的灯丝断了，所以根本没人关过电灯。而我误以为是灯之前被人关了，所以才去碰开关的。可能是是那时慌张之下扭转电灯，让断了的钨丝重新连接上了。所以，那上面只有我的指纹就不难理解了吧。那晚，你曾跟我说过，从格子窗的缝隙里看到里面的灯亮着，这样说来，灯丝是在这之后断的。旧灯泡的灯丝断开也是常有的事，至于凶手的衣服颜色，与其让我来说倒不如……”

说到这里，他在自己身边堆成山的书里翻找着，很快就翻出一本破旧的外文书。

“你读过这本书吗？雨果·闵斯特伯格写的《心理学与犯罪》，你来读读《错觉》这一章的开头，大概十行。”

在听他自信满满地论述过程中，我开始意识到自己这一次是多么的失败了。于是，按他所说的那样接过书读了起来。所写的大致内容如下：

曾经发生过一起汽车犯罪案件。在法庭上，宣誓要阐明真相的证人中，一名证人声称案发道路很干燥，全是尘土；而另一个证人说因为下雨路面泥泞。一个证人说出事故的车子当时是减速慢行；另一个证人说他从未见过跑得这么快的车。另外，前一个证人又说那条村道上只有两三个人，后一个证人说路上行人很多，有男有女还有小孩。两位证人都是值得尊敬的绅士，歪曲事实对他们也没有什么好处。

等我读完，小五郎又翻了几页说：“这是真实发生的事，《证人的记忆》这一章。这中间部分写的是一个事先计划好的实验，正好与衣服颜色有关，虽然有点麻烦，但你还是读一下吧。”

下面是我读到的大致内容：

（前略）举一个例子——前年（这本书一九一一年出版），在哥廷根举办了一场由法律家、心理学家和物理学家参加的学术会议，参会者都是能够细致观察的人。而小镇恰好此时在举办嘉年华盛典。在会议进行的时候，突然门被打开，一个身穿花里胡哨衣服的小丑张牙舞爪地闯了进来。再一看，他的身后一个手持手枪的黑人也追了进来。他们二人在大厅中央，用尖锐的声音互相攻击谩骂。没过一会儿，只见小丑不小心突然倒地，黑人趁机猛扑上去，接着“嘭”的一声枪响。突然，两人又快速离开。事情发生的全程不超过二十。可以肯定的是，大家对刚刚的场景都感到十分震惊，除了大会主席，谁也不知道刚刚那一幕是事先安排好的，更不知道刚刚发生的一切都被拍了下来。所以，大会主席以随后以要出庭作证为由，让参会者将刚才的情形如实地记录下来，也显得合情合理。（中略，书中介绍了大多数人的记录都与实际情况有出入）四十个人中只有四人正确写出黑人没带帽子，其余的人有写戴“圆顶硬礼帽”的也有写戴“大礼帽”的。关于穿着，有人说是红色，有人说是茶色，有人说是带花纹的还有人说是咖啡色，以及其他各种各样的颜色。实际情况是，黑人穿着白色裤子黑色上衣，系着大的红色领带。（后略）

“正如聪明的雨果·闵斯特伯格所道破的那样。”小五郎开口道，“人的观察力与记忆力是不可靠的。连例子中善于观察的学者们都分辨不出衣服的颜色，更何况只是两个学生，所以他们看出相反颜色的和服也就不是很奇怪了。那天夜晚，他们也许看见了什么人，但那个人未必穿着什么粗竖条纹的浴衣，当然，他们看到的那也不是我。能想到从格子间隙看浴衣花纹，你的着眼点很有意思，但那不是太过于巧合了吗？与其相信偶然发生的情况，倒不如相信我的清白。最后，关于在荞麦面店借用厕所的男人，这一点我的看法和你相同，我认为除了在旭屋借用厕所，那个男人没有别的出路。所以我也去调查了，可是真遗憾，我得到的结果与你相反，根本没有这个男人。”

读者们已经注意到了吧。小五郎就这样，否定了证词，否定了指纹，否定了凶手的逃跑路线，以此证明自己的清白。可是这样一来，不就等于犯罪本身也被否定了吗？我不明白他是怎么想的。

“那你找到凶手了吗？”

“找到了。”他绕着头发回答道，“我的方法与你有些不同。物质的证据根据不同的解释就会有不同的结果。所以最好的侦探方法是从心理层面看穿人的内心。但这是侦探自身的能力问题。不管怎样，我这次把重点放在心理分析这方面。

最初引起我注意的是旧书店老板娘身上的伤痕，之后不久，我又听说荞麦面店老板娘身上也有同样的伤。这个你也知道吧。但他们的丈夫不像是那种喜欢施暴的人。两位老板都是一副老实明事理的模样。我总觉得这其中有什么不为人知的秘密，我便去找旧书店老板，从他口中探探消息，因为我告诉他我和老板娘认识，所以他对我放下戒心，进展的很顺利。也因此得知了个意想不到的消息。可是荞麦面店的老板看上去嘴巴严，十分地不简单，费了我好大功夫用了个巧妙的方法还是成功了。

“你知道心理学上的联想诊断法已经开始用在犯罪调查上了吗。用简单的刺激语言来检测嫌疑人对此反应快慢，从而判断其是否是作案人员。不过，我认为这并不限于心理学家所说的狗、家、河这样简单的刺激性词语，也不一定要借助计时器那样精确的物件。联想诊断法的精髓不在于形式。曾经的名侦探，名法官他们所处的时代心理学不像现在这么发达，但他们依靠天赋在不知不觉间运用了这个心理方法，大冈越前守就是一位这样的人。提到小说的话，以爱伦•坡的《莫格街杀人案》为例，从开始就提，杜宾能通过朋友的肢体语言了解到他们的内心所想。柯南•道尔也这样模仿过此类写法，他的作品《住院的病人》中，福尔摩斯也用了同样的推理方法。这些都是某种意义上的联想诊断法。心理学中的机械方法是为了没有这种天赋的平凡人而创造的。对了，说的有些跑题了，但我也对荞麦面店的主人进行了某种联想诊断法才套出有用的话来。我和他聊了许多，都是些无聊的闲话，并且借此观察他的反应。不过，这是很微妙的心理问题，非常复杂，我之后再慢慢跟你说详情。总之我确信了一个结果，我确信找到凶手了。

"但我所掌握的这些事情没有物质上的证据，所以没法告诉警察。即使我说了，恐怕也不会被重视其实还有一个是我选择旁观而不去揭发犯罪嫌疑人是谁的理由，是因为这不是一起恶意犯罪，我这么说来可能有些奇怪，但这起案件是在凶手和被害人双方都同意的情况下进行的。或许，是老板娘生前要求的也说不定。"

关于案件我设想了很多，但我不理解他的想法。我忘记了自身失败的羞愧感，开始集中注意力听他那奇异的推理。

"说说我的思考吧。我认为凶手就是荞麦面店的老板。他为了掩盖自己的罪行才编造出那个借用厕所的男人，但这也不是他自己的计谋。是我们的错，当我们问他有没有这样的一个男人时，其实就是在暗示他有这样一种方法可以杀人，还让他误以为我们是警察。关于他的杀人原因是什么呢？……通过这起案件，让我意识到这个世界外表平静，背地里却有各种各样的令人意外的残忍秘密。那是只在噩梦般的世界里才出现的。

"荞麦面店的老板其实是一个'萨德'式的重度性施虐者，也是命运的捉弄吧，他发现了与自己店只隔了一个店铺的女性'马索克'。是的，旧书店老板娘是不亚于他的性受虐狂。于是，两人在几乎病态的欲望的驱使下，背对着世俗，任由自己的欲望放肆增长……这下，你理解我说的这是一起双方同意的杀人事件的意思吧。他们在此之前在社会正常的夫妻关系中勉强地可以满足自己的欲望。

旧书店老板娘和荞麦面店老板娘身上同样的伤就是证据。但是他们并不满足于此，因此不难想象，当他们在附近发现了和自己竟然有如此契合的人时，会迅速达成共识。其结果就是命运捉弄过头了，他们在施虐和享受的过程中，日益狂放，逐渐失控。于是在那晚，发生了谁也不想发生的事。”

听完小五郎这段惊世骇俗的结论，我浑身发颤。竟然是如此的一个案件。

就在这时，楼下烟草店的老板娘将晚报拿了上来。小五郎接过报纸翻看社会版面的新闻，轻轻地叹了口气说：“唉，到底还是难以忍受心里的痛苦，自首了。真巧了，我们还正在谈论着，报道就出来了。”

我看向他手指的地方，印着一个小标题，底下大概十行左右的小字，刊载了荞麦面店老板自首的消息。

两分铜币

上

“真羡慕那个小偷啊。”两人说了这样的话，可见当时的窘迫。那是在简陋的木屐店二楼，一间只有六张榻榻米大小的房间里摆着两张破桌子，松村武和我无所事事地空想着，混沌的思维交织着，时不时发出梦呓般的喃喃声。事业陷入僵局，一筹莫展的两人，看到当时闹得沸沸扬扬的大盗事件，对其巧妙的犯罪手法感叹不已。因为盗窃事件与这个故事的主线有很大关系，所以我在这里简单叙述一下。

事情发生在芝区某大型电器厂职工发薪日当天，十几名工资核算员，根据近一万名工人的打卡记录，计算着每个工人每月的工资。他们忙着往堆积如山的工资袋里放入当天从银行取出的二十元、十元、五元等纸币。就在工作人员满头大汗时候，一位绅士来到了办公室玄关。女接待员询问其来意，对方说他是《朝日新闻》的记者，想和经理见一面。于是女接待员拿着写有东京《朝日新闻》社会部记者头衔的名片，向经理汇报了此事。

幸运的是，这位经理很善于应对新闻记者，这正是他引以为豪的事。不仅如此，和记者吹嘘，使自己的故事成为名人故事而被刊登在报纸上，这种行为虽然有些幼稚，但想必谁也拒绝不了成名的诱惑吧。所以自称社会部记者的男子很快被邀请到经理的房间。他戴着玳瑁框的大眼镜，蓄着漂亮的小胡子，穿着精致的黑色礼服，背着新潮的皮包，一副驾轻就熟的样子，在经理面前的椅子上坐下。然后从香烟盒里取出昂贵的埃及烟卷，利落地擦了擦桌上烟灰缸里的火柴，青色的烟一下子被吹到经理的鼻尖。“请问阁下，关于职工待遇问题您有什么意见？”他以一种新闻记者特有的、咄咄逼人的、一无所知的、和蔼可亲的语气说道。

于是，关于劳动问题，经理讨论了劳资协调、温情主义之类的话题，但这部分与这个故事无关，所以在此省略。在经理的房间里待了大约三十分钟，那个记者说了声“失礼了”，起身去上厕所，之后就不见了踪影。经理是个粗心的人，并没有放在心上，当时正好是吃午饭的时间，他就向餐厅走去。过了一会儿，经理正大口吃着从附近的西餐厅送来的牛排和其他的东西，突然会计主任脸色苍白地飞奔过来站在他报告说:“员工薪水不见了，被偷走了！”

经理吓了一跳，把午餐扔到一边，飞速赶往现金失窃现场展开调查。我们大致可以想象出这起失窃案的发展状况：

当时，工厂的办公室正在改建，按照往常的安排，工资计算的工作应该在门窗紧闭的特别房间里进行，但这天，却临时在经理室隔壁的会客室里进行。而且在午休期间，会客室不知为何无人留守。事务员们都认为对方会留下看守，就一个不剩地去了餐厅，然后将装满了钞票的手提箱，留在了没上锁的房间里约半个小时。一定是有人趁此机会偷偷溜进去拿走了那一大笔钱。窃贼没碰已经装进工资袋的钱和零钞，而是拿走了皮包里成捆的二十元和十元钞票，这次盗窃工厂损失约五万日元。经过多方调查，认为刚才那位新闻记者很可疑。于是给报社打电话一问，果然不出所料，电话对面说并没有这样的一个员工。于是，厂方立刻打电话报警，因为不能拖延支付酬金的时间，所以他们要求银行重新准备二十元纸币和十元纸币，这件事引起了很大的骚动。那个自称是报社记者，欺骗善良的经理，大谈空话的男人，于是被当时报纸戏称为绅士盗贼。

管辖警察署的司法主任和其他部门进行了检查，没有发现任何线索。连报社的名片都准备好了，看来窃贼不是一般盗贼，不可能遗留什么证物。唯一可知的线索是，经理还记得那个男人的容貌，但那消息也非常不可靠。因为服装随时可以更换，而且经理说的关键的东西，像玳瑁框眼镜也好，小胡子也好，仔细想想，这些都是乔装时最常用的手段，所以也不靠谱。

于是，警方别无选择，只好随机搜索，向附近的车夫、烟草店的老板、小商贩等一一询问有没有看见过那种装扮的男子，如果见过的话，他往哪个方向去了。当然，市内的各巡查派出所也都收到了这份描述外貌的通知。换句话说，虽然警方已经拉起了警戒线，但没有任何回应。一天、两天、三天，警方用尽了所有办法，各个车站都有人排查，还向各府县警察署发出了寻求协助的电报。就这样，一个星期过去了，盗贼还是没有出现。警方已经绝望了，除了等着盗贼再次犯罪并露出马脚从而被逮捕之外，别无他法。工厂办公室每天都给警察署打电话，好像在责备他们的怠慢，局长也在为自己的无用而苦恼。在这种绝望的氛围的笼罩下，某个部门的一名警察正在市内的烟草店一家一家地仔细巡视。该市各区都有香烟店，多则几十家，少则十家左右。这名刑警几乎把这些地方都找遍了，现在只剩下地势高的牛込和四谷一带尚未巡查。

如果今天巡查完两个区还找不到窃贼的话，那他就彻底绝望了。刑警像在等待宣布彩排中奖号码时一样，抱着既兴奋又忐忑的心情来回转悠着。他不时在派出所前停下脚步，向警察打听烟草店的位置。刑警的脑子里满是 FIGARO. FIGARO. FIGARO，这个埃及烟卷的品牌名。

然而，当他正从饭田桥的电车站往神乐坂下走去，打算询问牛込区神乐坂的一家烟草店时，刑警突然站在一家旅馆前停下。在旅馆前的花岗石铺路石上，有一个烟头，如果不是很细心的人是不会注意到的。而这支烟竟然和刑警一直在寻找的埃及烟卷一模一样。从这发现一烟头开始，绅士盗贼终于被抓捕归案。从烟头到逮捕盗贼的过程，颇有侦探小说的趣味性，以至于当时的一家报纸上刊登了一篇关于某某刑警在此案中立功的报道——我的这篇记述，其实也是根据那篇新闻报道而来——因为急于进入下一部分，我很遗憾只能简单地下个结论。

正如读者可能已经猜到的那样，这位令人钦佩的刑警从盗贼留在工厂经理房间里的那根罕见的烟头开始了侦查的步伐。然后，他几乎转遍了各区的大烟草店，即使是同样的香烟，在埃及烟中卖得比较不好的 FIGARO，最近在贩的店也寥寥无几，因此卖家记得卖给了哪些顾客，这没有什么值得怀疑的。然而还是到了最后一天，正如刚才所说，刑警在饭田桥附近的一家旅馆前偶然发现了同样的烟蒂，其实他不过是侥幸地去了那家旅馆，这就是窃贼被捕的开端。刑警绞尽脑汁，终于找到了住在旅馆的香烟主人，发现他和工厂经理说的长相完全不同，于是他煞费苦心，终于在那个男人房间的火盆底找到了作案使用的礼服以及其他服装、玳瑁框眼镜、假胡须等，凭借确凿的证据，终于逮捕了这个所谓的绅士盗贼。

根据那个窃贼在接受调查的说辞，犯案当天——当然，那天是工人发工资的日子，所以才会来访——他趁经理不在，走进隔壁的计算室偷走了那笔钱，他拿出风衣和鸭舌帽，把偷来的一部分纸币放进折叠包里，摘下眼镜，去掉胡须，用风衣裹住身上的礼服，戴上鸭舌帽摘下呢子帽，就像来的时候一样从另一个出口，若无其事地离开了。

当被问及他是如何在没有人怀疑的情况下带走 5 万日元的零钞时，这位绅士大盗贼绅士泥坊露出得意的笑容回答道：“我全身都是袋子。作为证据，你去检查一下没收来的晨礼服吧，乍一看是普通的晨礼服，但其实就像魔术师的装备一样，附带了一个隐蔽的袋子，藏五万日元不过是小菜一碟。中国的魔术师甚至还能将装了水的水缸藏着身上呢。”

如果这起盗窃案就此结束，那就没意思了，但我发现了一个与普通盗窃案不同的奇妙之处，而且，这和我的故事的主要内容有很大的关系。因为这个绅士盗贼，对偷来的五万日元的藏身之处只字不提。被警察、检事院、法院三方轮番审问，但他始终坚持说不知道。最后甚至胡诌说，在这短短的一个星期内，他已经把所有的钱都挥霍光了，因此，只能依靠侦查的力量找出钱的下落。警方找了很久，但完全没有找到。于是，那位绅士盗贼因藏匿五万日元的罪行，被判处严重刑罚。但受苦的是受害者的工厂，对工厂来说，比起逮捕凶手，他们更希望找到那五万日元。当然，警方并没有停止搜查这笔钱，但厂方总觉得他们的搜查力度还不够，于是，工厂负责人宣布，找到这笔钱的人，将能得到五万日元的一成奖励，也就是悬赏五千日元。

中

正如我在开头所提到的，当时松村武和我挤在木履店二楼的六个榻榻米的小房间里，在贫困的深渊中煎熬，一筹莫展。不过，在这一切的苦难中，还算幸运的是，当时正值春天。这是一个只有穷人才知道的秘密，从冬终到夏初这段时间，穷人可以赚很多钱。不，是我觉得能赚很多钱。因为天冷时穿的短外套、秋衣裤，甚至连被褥、火盆之类都可以送到当铺的仓库里。我们也受益于这样的气候，除了担心明天要怎么办、从哪里弄到钱支付月底的房租等担忧之外，可以先松口气。此外，我们还去了有一段时间没有去的澡堂，还去了理发店，在餐馆没吃经常点的味增汤和咸菜，而是奢侈地点了生鱼片和米饭。

有一天，当我心情舒畅地从澡堂回来，坐在伤痕累累的快要散架的桌子前时，刚刚一个人待着的松村武，以一种莫名兴奋的表情问我说：“喂，是你把两分铜币放在我桌上的吧?你从哪里拿来的?”

“啊，是我，那是刚才买烟找的零钱。”

“哪家烟草店?”

“饭店隔壁那个老太婆开的，生意不景气的那个地方。”

“哦，是吗?”不知为何，松村陷入了沉思。不知为何，松村还执拗地询问那两分铜币的事。

“当时你买烟的时候，外面有没有其他客人?”“我记得好像没有。没错，不可能有其他人。当时那个老太婆正在打瞌睡。”听到回答，松村似乎放心了。

“不过，那个烟草铺除了老太婆以外你知道还有哪些人吗?”

“我和那个老太婆的关系很好，她那张无精打采的脸正好对上我不寻常的脾气。所以我对那家烟草店相当了解，那里除了老太婆之外，还有一个比老太婆更没精神的老头儿，你问这个干什么？有什么事吗?

“好吧，我有件事想请你帮忙。既然你了解的话，能不能讲讲烟草店的事?”

“可以啊，老头和老太婆有一个女儿，我见过她一两次，相貌还不错，听说她嫁到监狱的送货员了。我记得老太婆曾经说过，因为那个送货员生活过得不错，所以靠他寄来的生活费，那家不景气的烟草店才不至于倒闭。”

当我开始讲烟草店的相关情况时，让我吃惊的是，松村武站起身来，似乎在说自己已经听不下去了。在并不宽敞的六个榻榻米房间里，他就像动物园里的熊一样，来来回回地走着。我们两个人平时都是随性的人，说话间突然站起来，并不是什么稀奇的事。但是，在这种情况下，松村的态度却大不相同，让我陷入了沉默。松村在房间里踱步，大约走了三十分钟。我默不作声，带着玩味的神色默默看着。这一情景，如果被旁观者看到，一定会觉得不可思议。与此同时，我也开始觉得饿了，正好是晚饭时间，洗完澡后我觉得尤为饥饿。于是，我劝还在疯狂踱步的松村去吃饭，他说:“抱歉，你一个人去吧。”没办法，我只好自己去了。

我吃饱后从餐馆回来的时候，惊讶地发现松村竟叫来一名按摩师，一个以前和我们很熟的、盲哑学校的年轻学生，他正抓着松村的肩膀，滔滔不绝地说着什么。“你别以为这是奢侈，这是有原因的。你先自己待着，过一会儿你就知道了。”

松村抢在我前面，像是防备我的指责似的说道。昨天我说服当铺的掌柜，好不容易才得到的二十圆钱的共同财产，现在被按摩消耗了六十钱，这实在是太奢侈了。我对松村这种不寻常的态度产生了一种难以言喻的好奇。于是，我坐在书桌前，作势读从旧书店买来的评书，实际上，我一直在偷偷观察松村的举动。

按摩师走后，松村也在他的桌前坐下，似乎在看写在纸片上的东西，但很快他又从怀里取出另一张纸片放在桌上。那是一个很小的纸片，很薄，大约两寸见方，上面写满了细小的字，他似乎正在仔细地比较研究这两张纸片。然后，用铅笔在报纸的空白处写了又擦。在他做这些事的时候，电灯亮了，豆腐店的喇叭声从大街上经过，好像是去逛庙会的行人，持续了一会儿，再没过多久，就传来了中国拉面店凄婉的唢呐声，不知不觉间夜深了。即便如此，松村又忘记吃饭，埋头于这项奇怪的工作中。我默默地铺好自己的地铺，躺了下来，百无聊赖地把读过的讲谈再重读一遍。

“喂，你有没有东京的地图？”松村突然问道。

“我应该没有吧，你问问楼下的老板娘吧”

“嗯，说的也是。”他立刻站起来，沿着嘎吱嘎吱的楼梯往下走，借来一张从一张折痕处已经破损的东京地图，然后，又坐在书桌前，继续专心研究。

我越来越好奇地打量着他。下面的时钟敲了九下，松村长时间的研究终于告一段落，他从桌前站起来，坐在我的枕边，然后有点难以启齿地说:

“喂，你能不能给我十元？”

松村这一不可思议的举动，让我起了一股浓厚兴趣，在这里还不能向读者透露原因。当时我给他十元，相当于我们全部财产的一半，我对此毫无异议。松村从我手里接过十元纸币，穿着一件旧夹衣，带上一顶皱巴巴的鸭舌帽，一言不发地跑了出去，剩下我一个人，开始想象松村之后的行动。就在我独自窃笑时，迷迷糊糊地进入了梦乡。睡了一会儿，我感觉松村回来了，但之后就什么都不知道了，一觉睡到天亮。

大概是十点左右吧，睡过头的我醒来一看，吃惊地发现枕边站着一个奇怪的东西。一个商人模样的男人站在那里，身穿条纹和服，系着方形腰带，垂着藏青色的前襟，背着一个不小的包袱。

“你那什么奇怪的表情?是我啊。”

令人吃惊的是，那个男人用松村武的声音说道。仔细一看，那的确是松村，但他的穿着却完全变了，一时间，我不明白是怎么回事。

“怎么了?你背着什么包袱?而且，这身衣服是怎么回事?我还以为是哪里来的掌柜呢。”

“嘘、嘘，声音小点啊。”

松村双手按住我，压低声音说:“我带回来一件不得了的礼物。”

“你一大早跑到什么地方去了?”

我也被他奇怪的举动吓了一跳，不由得压低声音问道。于是，松村脸上充满了压抑不住的笑，他把嘴凑到我耳边，用比之前更低的似有若无的声音说道：

“兄弟，这个包袱里有五万日元呢！”

下

想必读者朋友们已经猜到了吧，松村武把绅士大盗藏匿起来的五万日元给找了出来。而且他如果把这些钱归还给电器厂的话，还能获得五千日元的赏金。不过松村却说他并不这么打算，并说明了以下理由：

据他所说，就这样直接把钱交出去的话不仅很愚蠢，同时还会把自己置于极其危险的境地。这笔钱就连专业的刑警来回寻找了一个月都没找到，如果我们把它偷偷地藏起来自己花岂不美哉？谁会怀疑到我俩的头上？更何况，五万日元岂不是比五千日元更香？

更恐怖的是，我们还可能会受到那个大盗的报复，这才是最麻烦的。这么一个有犯罪头脑的大盗即便被判重刑也不愿说出赃款的下落，一旦让他知道了是我们截的胡，他恐怕不会放过我们！——松村以极其敬畏的语气说道——就这样保持沉默都很危险了，更何况是出面上交赃款领取赏金的话，松村武的大名肯定会出现在报纸上。这不是在挑衅大盗嘛，还特地告诉了他我们的方位。

“至少现在我赢了他，兄弟，我打败了那个天才大盗！此刻相比较白得五万块钱，这种胜利的快感更令我心潮澎湃。我真是太聪明了！至少你得承认我比你更聪明。让我灵光一闪最终拥有这一重大发现的是，你昨天买烟后放在桌子上的两分钱硬币。你忽略了那两分钱上的某个细节，但是我却细心地发现了。于是仅凭这一枚硬币我就得到了五万日元，哎，兄弟，这五万元可是两分钱的二百五十万倍呢！这说明什么呢，说明我比你聪明多了！”

两个多少有点知识的青年住在同一间屋子里，时不时较量一下谁的头脑更聪明，这也是人之常情。我和松村武在闲暇时分经常展开论战，聊到兴起时，不知不觉中已天光大亮，这种情况也不少见。于是我和松村武总是互不谦让，各自坚信着“我的头脑更聪明”的理念。因此松村借着此次的功劳——非比寻常的大功劳——以此来证明他才是真正的天才。

“知道啦，知道啦，你最棒啦，别炫耀了，快说说你拿到这赃款的过程吧。”

“你先别急嘛，比起回忆事情经过我更想思考一下这五万块钱到底怎么花。不过还是不吊你胃口了，我就简单谈谈我的推理过程吧。”

其实我并不仅仅是为了满足自己的好奇心，更是为了满足他的虚荣心。于是松村武便大谈特谈他机智的推理过程，我则是安静地躺在被窝里，一边仰望着他洋洋得意的下巴，一边听他诉说。

“昨天你去泡澡的时候，我一直把玩着这两分硬币，奇怪地发现铜币边缘有一条线，于是我又疑惑地检查了一番，令人惊讶的是铜币被剖成两半，看，就是这样。”

说着，他从桌子抽屉里取出两分铜币，那铜币就像丹药盒子一般，被他转动着螺丝从上下打开了。

“快看这里，这里面是空的，这枚铜币被做成了某种容器，这做工真是精巧，乍一看与普通铜币没什么两样。看到这个我突然想起了，曾经有个越狱高手善于使用小锯子。那是将怀表中的齿轮做成锯齿状，形似小人国用的带锯，然后再把两枚铜币磨薄制作成容器，将小锯子藏在中间，这样一来无论在多么森严的监狱，只要慢慢锯断栅栏就能逃走，据说这是外国盗贼常用的方法。于是我想着这枚铜币或许是从盗贼的手里意外流落出来的。但是，奇怪的地方还不止于此。比起铜币本身，夹在其中的一枚纸片更挑拨起我的好奇心。看，就是这张纸片。”

这是松村苦心研究一夜的那张薄薄的小纸片，纸片是两寸见方，薄如树叶的日本纸，上面写着一些蝇头小字，内容有些不知所云：

“陀、无弥佛、南无弥佛、阿陀佛、弥、无阿弥陀、无陀、弥、无弥陀佛、无陀、陀、南无陀佛、南无佛、陀、无阿弥陀、无陀、南佛、南陀、无弥、无阿弥陀佛、弥、南阿陀、无阿弥、南陀佛、南阿弥陀、阿陀、南弥、南无弥佛、无阿弥陀、南无弥陀、南弥、南无弥佛、无阿弥陀、南无陀、南无阿、阿陀佛、无阿弥、南阿、南阿佛、陀、南阿陀、南无、无弥佛、南弥佛、阿弥、弥、无弥陀佛、无陀、南无阿弥陀、阿陀佛。”

“这段酷似和尚念经的文字，到底是什么呢？起初我以为这是谁的恶作剧，后面一想，可能是痛改前非的盗贼为了赎罪而写下这么多的阿弥陀佛，然后将其放进曾经藏匿作案工具的铜币里。但是不知为何没有按顺序书写阿弥陀佛这几个字，真是让人摸不着头脑。陀，无弥佛，都在南无阿弥陀佛的范围之类，但没有一组是写完整的。既有缺一个字的，也有缺四五个字的，我立刻察觉到这恐怕不是恶作剧。”

“恰巧在这时传来了你从澡堂回来的脚步声，我连忙把纸片藏了起来，至于为何要藏起来，我也不甚清楚，可能是抱有独占秘密的侥幸心理吧。等弄清楚真相再告诉你，以此向你吹耀一番。就在你登上楼梯时，我的脑海中倏然闪过一道人影，就是先前提过到的绅士大盗。虽然不知道他到底将赃款藏到了哪里，但他总不会想把赃款就这么放到刑满结束为止吧，因此他一定有手下或同伙替他拿走并保管赃款。倘若他被意外逮捕，来不及通知同伙赃款具体的藏匿地点的话，那该怎么办？以他当时的处境来看，也只有利用还未被监禁的这一空隙时间，设法通知外界的同伙这一个方法了。倘若这张奇怪的纸条就是他们的通信内容的话...”

“这种想法浮现在我的脑海，不过这只是一个幻想，是我的一厢情愿。所以我询问了你这两分铜币的来历，但是没想到你竟然提到香烟店老板的女儿嫁给监狱送货员这件事。绅士大盗在监禁前如果想与外界通信的话，送货员是最合适的渠道。不过由于某种未知的原因，那封信却留在了送货员的手里，然后送货员的老婆意外地带到了娘家，除此之外没有其他的解释了，于是我便静下心来仔细研究这份密信。”

“那么，如果这张纸条上看似莫名其妙的文字是一种密文的话，那么解开它的密钥是什么呢？我在房间里不停地踱着步，大脑飞速思考着。这份密文相当难破译，全文也只有南无阿弥陀佛这六个字和断句符号。这七个符号究竟能组成什么句子呢？”

“对于暗号我也略有涉猎，虽然没学过摩斯密码，但我好歹也知道其它一百六十种暗号的写法。”

“于是我便回忆着各种暗号记法，并一一与纸条上的文字对比，努力寻找着破译方法，这费了我好大一番功夫。我隐约记得当时你喊我去吃饭，不过因为我当时想得正起兴，便随口拒绝了。最终，我发现了两种破译方法。”

一种是培根发明的 Two Letter 记号法，此方法仅用 A 和 B 两个字母便可以拼出所有句子。例如想表达 Fly 这个单词时，就用 AABAB, AABBA ,ABABA 拼凑出来。

“另外一种是查尔斯一世时期盛行的，使用在政治文书上的一种密文。它是利用数字替换字母的书写，例如：”

松村从桌角抽出一张纸，在左侧写道：

ABCD..........

1111 1112 1121

1211..........

“也就是说，一千一百一十一代表 A，一千一百一十二代表 B，以此类推。我认为纸条上的字可以用该暗号解读，它是利用南无阿弥陀佛这六个字的排列组合来替换五十音。”

“对于破解方法，如果密文时英语，法语或者是德语的话就好办了，可以像爱伦•坡的《金甲虫》中那样，找到字母 E 就行了，但头疼的是这个密文是日语。慎重起见我还是试了一下爱伦•坡的破解方法，遗憾的是并不能解开，于是破译工作陷入了僵局。”

“六个字的组合，六个字的组合，我胡思乱想着，在客厅里走来走去。我在想六个字是否在暗示着什么，于是尽量往‘六’这个数字方向思考。就在我胡乱地对含有‘六’字的词汇进行排列组合时，我的脑海中蓦然浮现出话本上提到的真田幸村的旗印六连钱。我深知这与暗号没有任何关系，但嘴里不断念叨着六连钱。”

“此时突然灵光一闪，从我的记忆深处飞出一样东西，那就是六线钱的缩小版，即盲人使用的六点字盲文。想到这儿，我不禁大喊‘漂亮！’毕竟，这暗语事关着五万元巨款的去向。”

“我对盲文不甚了解，只知道那是六个点的组合，于是急忙请来按摩师教我。这便是按摩师教我的六点字盲文，你看。”

松村一边说着一边从桌子抽屉里拿来一张纸，上面写着用六点字代表的五十音：浊音，半浊音，拗音，长音，促音，数字等。

“现在把南无阿弥陀佛这六个字从左往右开始排列，每三个字为一组排成两行，这就变成了和点字一样的排列方式，于是南无阿弥陀佛的每个字就代表了各个点字。这样一来，点字的ア代表南，イ代表南无，以此类推，相互嵌套就可以了。你看，这就是我昨夜对照暗号解出来的结果，最上面的是把原文的阿弥陀佛按照点字的规律进行排列，中间的是与之相对的点字，最下方是翻译出来的内容。”

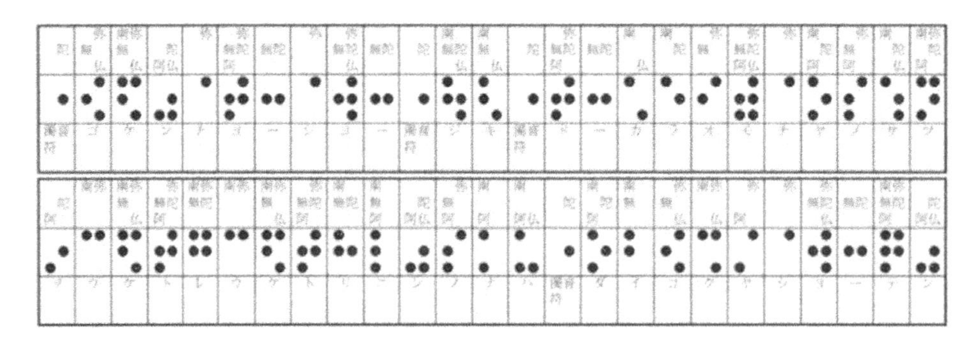

说完，又取出一张纸，上面写着：

“ゴケンチヨーシヨージキドーカラオモチヤノサツヲウケトレウケトリニンノナハダイコクヤシヨーテン。汉字写作：五軒町正直堂から玩具の札を受け取れ、受け取り人の名は大黒屋商店。意思是从五轩町的正直堂那里拿到玩具钞票，收件人姓名是大黑屋商店。意思很明白，不过为什么是领取玩具钞票？于是我又思考了一番，不过这个谜题倒是很轻易地解开了。想到这我不禁佩服得五体投地，深切地感受到那个绅士大盗的思维缜密，而且还具备小说家般的机智。哎，你说，玩具钞票这一点是不是一步妙招？

我是这么想的，而且幸运的是我全部都猜对了！绅士大盗为了以防万一，一定会事先把偷来的钱藏在最安全的地方。那么，世界上最安全的隐藏方式是什么？那就是灯下黑！暴露在众目睽睽之下，反而被大家忽略的隐藏方式才是最安全的。”

“那个可怕的家伙一定深谙此道，于是想出玩具钞票这个巧妙的把戏。我想正直堂一定是印刷玩具钞票之类的工厂，——这一步我也猜中了。——他果然以大黑屋商店的身份，预先订购了一批玩具钞票放在那。”

“听说最近花柳界等地流行着一种真假难辨的玩具钞票，不知道是听谁说的，啊对了，是之前听你说的。现在流行的像是惊吓盒，以假乱真的黏土点心和水果，和玩具蛇之类的，栩栩如生，是恐吓逗弄女孩的绝佳道具。因此，绅士大盗订购一批和实物相似的玩具钞票，不会受到任何人的怀疑。”

“就这样，等到他偷出真钞后，他很可能会潜入印刷厂，将真钞与自己订购的玩具钞票进行调换。这么一来，在订购者去领取之前，这位五万元真钞便会被当成玩具钞票，安全地存放在玩具厂的仓库里。”

“这一切可能只是我的一厢情愿，不过却有很大的实现的可能性。于是我下决心去碰碰运气，我在地图上找到一个名叫五轩町的城市，并了解到它在神田区内。终于到了领取玩具钞票的时刻了，不过有一点却让我很头疼，如何才能悄无声息地领走钞票而不被人认出来呢。”

“如果让人知道了我的身份的话，那个可怕的大盗指不定会怎么报复我呢，一想到这我就担心得不得了。总之，不能让人看到我的真实模样。正因为如此，我才一副如此奇怪的打扮，我用那十块钱从头到脚乔装打扮了一番。你看，这个想法很棒吧！”

说话间，松村装作不经意地露出他整齐的门牙，从刚开口说话的时候我便注意到他的嘴里有一颗闪闪发光的金牙。他得意洋洋地用指甲取下金牙，递给了我看。

“这是我从夜市上买的，是镀金的铁皮制成的，是戴在牙齿上的一个装饰品。这铁皮假牙仅仅值二十钱，但它的作用可大了去了，金牙这玩意太惹人注目了，所以日后有人想找我麻烦的话，首先能想到的线索也只有金牙了吧。准备好这些后，今天早上我便前往了五轩町。我唯一担心的是领取玩具钞票时需要当面付款，那个大盗为了玩具钞票不被转卖，一定事先付了款，但要是没有的话，我恐怕要支付二三十块钱。不凑巧的是，我筹集不到那么多钱。不过管不了那么多了，撑死胆大的饿死胆小的！到时候敷衍一番就好了，于是我便出门了，——果然不出所料，印刷厂对对付费之类的话只字未提。就这样，我顺顺利利地拿到了五万日元。......至于它的用途，怎么样，你有什么想法吗？”

松村兴奋到难以自持，喋喋不休的情况是很少见的，我不禁感叹这五万日元的可怕的魔力。我一再地回避去形容他的精神样貌，但是在他叙述的时候，那种欣喜若狂的样子让人实在难以忽略。他一直试图压抑住那骄傲的神情，但即便再怎么努力，自心底涌出的欣喜和那难以形容的笑容却怎么都掩盖不了。

说话间，松村武时不时露出的邪魅笑容，那种无法言表的疯狂的笑容，对于我而言反而是显得那么的悲哀。我曾经听说过有穷人因中了千两的大奖而欣喜到发狂，松村为这五万日元而狂喜也不是不能理解了。此刻我希望他的喜悦能永远持续下去，看到他如此的幸福，我不禁祈祷道。

不过，对于我来说，这其中有个无法忽略的事实。想到这我便无法抑制地捧腹大笑。虽然我斥责自己不要笑，但是我心里的爱恶作剧的小恶魔却逗得我难以自持，反而笑得愈发大声了，像是看了最滑稽的喜剧一般，笑得前仰后合。

松村目瞪口呆地看着抱着肚子狂笑的我，不禁以为我被鬼上身了，关心地问道：

“你没事吧？”我终于忍住了笑回答道：“你的想象力实在是太丰富了，能完成这么大的一件事真是厉害，从今往后我会加倍地去尊敬你的，诚如你所言，我的头脑不如你聪明，但是你相信现实会那么的浪漫吗，这件事你不觉得过于顺利了吗？”

松村一言不发，反而奇怪地看着我。

“换句话说，你真的认为那个绅士大盗会那么聪明吗，他真的会想那么多吗？不得不承认，你的想象中的逻辑放在小说里是无可挑剔的，但是这个世界远比小说要更现实。而且就小说来论述的话我有几点要提醒你，那就是，除了你这种翻译方式，还有其他的可能性吗？例如，是否可以每隔八个字跳读一下呢？”

说着我便在松村的译文上标注了记号，由此得出以下结果：**ゴ**ケンチヨーシヨー**ジ**キドーカラオモチ**ヤ**ノサツヲウケトレ**ウ**ケトリニンノナハ**ダ**イコクヤショーテ**ン**。于是组合成ごじゃうだん（御冗談，意为开玩笑）

“你明白‘御冗談’是什么意思吗？哎，这一切难道都是巧合吗？你难道不认为这是谁开的玩笑吗？”

松村一声不吭地站起身，然后将他坚信地装着五万日元巨款的袋子拿到了我的面前。

“但事实摆在这，五万日元就放在这，它总不可能是凭空出现的吧？”

他的声音隐藏着决斗一般的冷冽，我突然感受到了恐惧，而且对恶作剧的失控感到无比的后悔。

“我欺骗了你，实在对不起你，请你原谅我。你费尽心思拿回来的巨款，其实只是玩具钞票，不信的话你可以打开查看一下。”

松村以一种在黑暗中摸索的样子，小心翼翼而又僵硬地打开包裹，——看到他这副摸样，我愈发觉得内疚了。——花了很长时间才解开包裹，里面是两捆用报纸包好的四角包裹，其中一捆的报纸已经被撕开，露出钞票的一角。

“我在路上就已经打开看过，亲自检查过一番。”

松村的喉咙里传来沙哑，干涩的声音，接着便把包装纸全部撕去。

里面包的是几乎可以以假乱真的玩具钞票，乍一看，这些钞票真的不能再真了，但细细察看会发现，钞票表面印的是大大的“团”字而不是“圆”字，并不是二十圆，十圆，而是二十团，十团。

松村感到无法置信，一次又一次地反复确认着。此时此刻，他脸上的笑容早已无影无踪，随后便是死寂般的沉默。我不禁感到愧疚不已，只好一直强调是我的错，是我的恶作剧玩得太过火了，但是松村却一句话都不想听，一整天都像是哑巴一般独自沉默着。

这个故事到此就结束了，但是为了满足各位看官的好奇心，我必须对我的恶作剧再加以补充说明。

这个名叫正直堂的印刷工厂其实是我远亲经营着的，有一天，我在穷困潦倒走投无路之下想起了我那位远亲，我已向他借钱多次都未偿还，虱子多了不怕咬，于是想着再去借一点钱，虽然深感羞耻但又厚着脸皮去拜访了他。——当然，这件事松村一点都不知道。——借钱计划虽然失败了，但在当时我却看到了和真钞极为相像的玩具钞票，正在被一张一张印刷出来。而且还听说，那是名叫大黑屋的老顾客订购的商品。

我将这个发现与我们每天谈论的绅士大盗结合在一起，想看一出大戏，于是想出了这个无聊的恶作剧。那是因为我和松村平时都热衷于通过各种现有的信息，从而推论出一些东西，以此来证明自己比对方优秀。

那篇生硬晦涩的密码文是我伪造的，不过我并不像松村那样精通外国密码史，只不过是随便想出来的。至于烟草店主的女儿嫁给监狱送货员那件事，也是我胡诌出来的，实际上那个老婆婆有没有女儿都还是个谜。

不过这场戏里最危险的不是戏剧性方面，而是最为现实但就整体而言极其微小，略带滑稽的那一方面。那就是，我当日所见到的玩具钞票在松村来领取之前，没有被其他人领走，一直留在他店里。

至于玩具钞票的支付费用方面，我丝毫不用担心。我的远亲与大黑屋的交易总是延期交付，而且更巧的是，正直堂总是以非常原始，散漫的方式营业。松村即便没有带着大黑屋主人的收据，也能顺利地拿到货物。

最后，关于最初被视为障眼法的两分铜币，很遗憾我不能在此详细说明。本人若是在这篇拙作中提得过多，可能会使给予我铜币的人遭受不必要的祸端，读者朋友们就当我是偶然得到的吧。

带着贴画旅行的男人

或许是我疯了，怪诞的思潮在我的头脑中涌动，使我凭空捏造出这个故事，又或许故事中那个旅行的男人才疯了。然而，大约在半梦半醒时分，我似乎窥见不同于这个世界的另一片天地，如疯子一般看见和听见常人无法感受到的东西。也许是在天人交感的刹那间，透过天地的隔膜无意中瞥见这个世界之外的一隅之地。

不知是何时，只记得那是个微暖的阴天，我特地去鱼津观赏海市蜃楼，回来的路上便发生了这件匪夷所思的事。每当我提起这件事都会被朋友怀疑，问我不是从未去过鱼津吗。可偏偏一想到几月几日去的港口，我又拿不出确凿的证据。那果真是个梦吗？可我从未做过如此色彩丰富的梦。梦中的景色明明是像黑白电影一样色彩单调，但在那段列车上，四周风景如现实般生动，其中最显眼的却是一幅色彩鲜艳的贴画，上面的紫色和胭脂般的色彩如毒蛇冷冽的瞳孔一般，生动地烙印在我的记忆里，这个梦就像是一部上了色的电影一样。

那是我第一次看到海市蜃楼，本以为如古画描绘的一般：蜃龙张开贝壳吐出淡淡的紫气，美丽的龙宫在其中浮动。然而当我看到真正的海市蜃楼时，只觉得铺天盖地的恐惧感迎面袭来，冷汗涔涔。

鱼津海边的松林小道上，人们像豆粒般挤在一起，全神贯注地盯着眼前广阔的海面，紧张地屏住呼吸，我从未见过如此哑然，死寂的大海。但记忆中的日本海总是一幅惊涛拍岸的景象，对比之下真是令我吃惊不已。当时的海面没有一丝波澜，四周弥漫着灰色的雾气，如沼泽一般延伸向远方。并且像太平洋一样无边无际，海水共长空一色，灰色的雾霭弥漫间，海与天水乳交融到了一起。本以为那雾气上方是天空，实际上却是大海，如幽灵般轻软，好似巨大的白帆悄然滑过。

所谓的海市蜃楼就像是在乳白色的胶片上滴入一滴墨水，使其自然地渗透进去，慢慢地晕染成一面巨大的电影荧幕，映照在广阔的天空上。

远方的能登半岛森林的景象通过不同的大气变形的镜头，投射在观众头顶的天空上。映照的景物像是焦点错乱的显微镜下的虫子，模模糊糊，被玩闹似的变大。像是一片奇形怪状的乌云，如果真的是乌云的话倒还容易解释，可这是神秘莫测的海市蜃楼，它的实体与观众之间的距离很可能是咫尺万里。有时就像是漂浮在远方海面上的海妖“大入道”一般，有时像是眼前一尺距离的一小团奇怪的雾气，有时又变化成观众眼角膜上的一点阴影。这种变化无常，踪迹莫测，使得海市蜃楼比想象中还要恐怖。

这变幻莫测的海市蜃楼时而变成巨大的纯黑色的三角形，时而化作宝塔屹立在天边，转眼间又崩塌成碎块，时而又变成长长的火车奔腾向前，忽然间又瓦解成一片高大的柏树林，静静地站立着，不知不觉间又化作其他模样。

如果海市蜃楼的魔力能使人类疯狂的话，恐怕我也逃不过，在踏上归途的火车之前我一直都是这种疯狂的状态吧。海市蜃楼持续了两个小时，我一直在鱼津眺望着这妖异的天空。从离开鱼津到上火车上之前，我的心情确实天翻地覆，好似被路过的魔鬼撩动了心弦，心底的疯癫之情久久难以平息。

从鱼津的车站坐上前往上野的火车，时值傍晚六点，或许是巧合，又或许是当地火车的特色，我乘坐的二等列车如教堂般空旷肃静。除我之外还有另外一名乘客，他蹲靠在对面角落的靠垫上。

火车经过寂静的海岸，险峻的悬崖峭壁和沙滩上回响着单调的机械摩擦声，漫无边际地行驶着。沼泽般的海面上残阳如血，从雾霭的深处照来，晒得人脸上火辣辣的疼。远方，巨大的白帆如梦幻一般悄然掠过。因为没有一丝微风，天气十分闷热，火车上到处都是打开着的窗户，随着火车的行进，丝丝微风钻了进来，然而好似幽灵过境带来一阵微凉，随后便又戛然而止。窗外，短隧道和一根根除雪柱的身影闪过，将已经交融在一起的海与天重新切割成一条条。

火车穿过犬牙交错的断崖时，车内的灯光突然黯淡了下来，变得和天空一般昏暗，暮色逐渐袭来。此时对面角落里的那名乘客突然站了起来，将靠垫上的一个大大的黑缎包裹打开了，将里面的东西立在了窗户边，那是一件包裹着的二三尺长且扁平的物品。看到这，我不禁好奇那究竟是个什么东西。

那个扁平的东西应该是个画框，但是正面似乎有什么特殊之处，被面朝窗户放置着。将包裹着的画框取出来靠在窗子边，我想他一定是故意的。而且就在他重新包裹画框时，我无意间瞥见画框正面是一幅彩画，上面画的东西栩栩如生，看起来很不寻常。

于是我进一步地观察了这件奇怪绘画的主人，于是发现画作主人比绘画本身更让人吃惊。

他的装束打扮很是古老，那是在我父亲年轻时拍的，已经褪色的照片上才能看到的装束。他穿着一套黑色西服，胸前的衣襟很狭窄，肩膀也很窄，但是他个子很高，腿也很长，反而显得尤为合身，甚至显得很有气势。他长着一张长脸，双眼神采奕奕，整体看上去很是深沉而睿智。并且他还梳着精致的分头，头发乌黑而油亮，乍一看他像是四十岁左右，但仔细一看，他的脸上布满了皱纹，又像六十岁的年纪。乌黑的头发和白皙的面庞与他沟壑遍布的皱纹形成了鲜明的对比，第一眼看到到时，吓了我一跳，这异样的违和感使我不自觉地升起一股恶寒。

当男人小心翼翼地包好行李之后，突然转身看向我这边，当时我正兴致勃勃地打量着他，刹那间我们的视线相遇了。于是他略显尴尬地勾起嘴角，朝我浅浅地微笑了一下，我也不由得颔首致意。

时间慢慢流逝，火车经过了两三个车站。在这期间我们一直各自沉默地坐在自己的角落里，我们的视线时不时地远远交错着，可每当我们的视线相对时，又尴尬地各自扭头装作看向窗外。将脸埋在车窗玻璃上，外面的世界一片漆黑，只有远方的渔船零星地闪烁着光芒。无边无际的黑暗仿佛将这间细长车厢吞噬，这间仅拉载两个人的车厢像是失落的世界，“嘎吱嘎吱”地驶向未知的迷雾深处。昏暗的车厢里只剩下两个陌生人的呼吸声和心跳声，再也看不到其他的生命，孤寂和凄凉之感油然而生。

我们所乘坐的二等车无论在哪一个站台都没有新的乘客进入，就连服务员和列车员的人影都没看见，这种事情即便到如今回想起来，依旧觉得很奇怪。

对于那个既像四十岁又像六十岁，看起来有一种西洋魔术师风采的男人，我愈发觉得可怕，没有缘由地身体里升起一股恐惧感并无限地放大。直到我的汗毛都战栗起来，我实在忍无可忍了，于是立刻站起身，气势汹汹地朝对面角落的男人走了过去。正因为讨厌和害怕那个男人，我才要走近他直面恐惧。

于是我在他对面的座位上悄悄坐了下来，我像是看妖怪的一样，屏住呼吸目不转睛地盯着他皱纹遍布的白皙面庞，瞬间感觉很不可思议，这一切充满了违和感。

那个男人从我离开座位开始，视线就没有离开过我的身体，始终看着我的脸，像是在等待什么，他用下巴指了指靠在旁边的扁平的行李。没有任何开场白，直截了当地开口问道：

“你想看这个吗？”

他的语气过于平淡温和，反而吓了我一跳。

“您是想看看这个吧？”

看到我低头沉默不语，他又问了一遍。

“啊，是的，请给我看看。”

我被他的话打断了思路，不自觉地回了这句奇怪的话，其实我离开座位并不是为了看他的那件行李。

“很高兴能向您展示，刚刚我就在考虑要不要给您看了。请不要客气，您一定会喜欢的。”

那个男人——倒不如说是老人——一边说着一边用灵活的手指解开包裹，将那个画框一样的东西正面朝外，倚在了窗边。

我看了一眼紧接着又闭上了眼睛，为什么要闭上眼睛呢？直到现在我都不知道原因，只是下意识的感觉促使我要这么做。当我再次睁开眼睛时，眼前出现一幅“奇妙”的画。话说回来，画的“奇妙”之处难以一言蔽之，请允许我细细道来。

画中的背景似乎是歌舞伎表演的府邸，作者运用了远近透视的画法，透过几个房间，青色的榻榻米和格子房顶延续到远方，这部分是以蓝色为主的油彩描绘而成的。左前方是以墨黑色为主，以随性的书院风手法勾勒出的窗户，窗户旁边画的是一张抽象的桌子，它同样是以墨黑色为主。换句话说，这些背景画风是类似于绘马牌的独特画风，倒是更容易理解了吧。

在那些背景之中，两个一尺长的人物“浮现”而出。之所以说是“浮现”，那是因为他们是以贴画的工艺制作出来的。画中有一个白发老人穿着黑天鹅西装，略显窘迫地正坐着（不可思议的是，除了发色不同，他的容貌和带着贴画的男人一模一样，就连身上的西装的布料都是同一种。）他身边有位穿着火红的纹缬花布制成的振袖，系着黑缎带，梳着“结绵”发型的美少女，少女不过十七八，含情脉脉地看着男人。少女坐在老人的膝边，娇羞之感扑面而来，这真是歌舞伎戏剧中最经典的男女情爱的场面。

穿着西装的老人和绝色美娇娘的强烈对比确实显得很奇怪，不过我觉得最“奇怪”的却在其他地方。

画面背景粗糙，但是贴画做工之精细真令人叹服。人物脸部是用白色丝绸制作出的凹凸感，细小的皱纹都被一一勾勒了出来。女人的头发像是用真人的头发植入的，并且如真人那样绾起头发，老人头上的白发大概也是精心植入的真人的发丝。西装上的接缝也是那么的合理，在适当的部位还缝上了小米粒般大小的扣子。女人的胸部微微隆起，白皙的双腿勾勒出艳丽的曲线，山茶花般的衣服，皮肤的光泽感仿佛一闪而过，而她的指甲则是贝壳般的质地。如果用放大镜观察他们的话，甚至都能看见他们细小的毛孔和汗毛。

说起贴画，我只见过羽子板演员的肖像画，虽然说羽子板的工艺品也十分精巧，但是却完全无法和这幅贴画相提并论。这幅贴画简直是巧夺天工的稀世珍品，恐怕是某位贴画大师的得意之作。然而，这些还不是我提到的所谓的“奇妙”之处。

贴画整体显得很古老，背景的油彩东一块西一块地剥落，女人穿的纹缬花布衣服和男人的西装都略微褪色。但是不可思议的是贴画还保持着难以名状的鲜艳色彩，闪耀的色彩显得生气勃勃，看上一眼便挥之不去，仿佛始终在人的眼底燃烧着。然而，这也不是我所提到的“奇妙”之处。

如果说这幅贴画里的人物很像真人的话，倒不如说这两个人物本身就是活着的，他们拥有自己的生命。

在文乐的木偶戏中，每天都会有一两次，名人使用的木偶会突然活过来，彷佛被路过的神明渡了一口仙气。但是这幅贴画并不像木偶那么好运，没有被赐予逃离生命的枷锁的机会。刹那间，我仿佛感受到了贴在这二维的平面画框上的窒息感，看到了画中人物的命运。

或许是从我的表情中读到了惊讶，老人以鼓励的语气喊道：

“啊啊，您也许会明白的。”

一边说着，一边小心地用钥匙打开了从肩膀上垂下来的黑皮革的小盒子，并从其中取出一个非常古老的望远镜递给了我。

“来吧，请用这个望远镜看一下贴画，不对，这边太近了，请稍微站远一点，再往左边一点就可以了。”

这真是一个奇怪的请求，不过此刻我的心中充满了好奇，于是按照了老人的指示去做，离开了座位四五步的距离。老人为了我更方便，双手举着贴画，使灯光能照到它，时至今日我都觉得那真是个奇怪又疯狂的场景。

这个所谓的望远镜恐怕是二三十年前的舶来品，和我小时候经常在眼镜店里招牌上看到的奇形怪状的棱镜望远镜一样。不过因为常年用手摩擦的原因，黑色的表皮都破烂不堪，处处都露出黄铜内皮。它和贴画主人的西装一样古色古香，令人怀念。

我小心翼翼地把玩着双筒望远镜，接着便对准眼睛向里面看。突然，确实让人猝不及防。老人近乎悲鸣地大叫着，我差点把望远镜摔了下来。

“不可以！不可以！你拿反了！不可以反着看，不可以！”

老人脸色铁青，怒目圆睁，使劲地挥着手。不过是拿反了望远镜，为何有这么大的反应？我对眼前的老人异样的举动实在是理解不了。

“原来如此，原来我拿反了。”

我一直把注意力放在望远镜上，因此没注意老人的奇怪的表情。于是我重新调整好望远镜，急忙戴上往贴画上看去。

随着焦点的对准，两片圆形的视野慢慢重合到了一起，视野从一片模糊的虹光变得越来越清晰。一眼望去便是女人隆起的乳房，视线上移，全世界仿佛都在向我奔来，我的视野充满了别样的色彩。

那样奇特的出现方式我在之后便再也没有见过，读者朋友们恐怕也很难理解，但是可以想出与之相近的感觉。例如：海女潜水时先从小船上跳入水中，那瞬间的姿态便足以形容这种感觉。海女赤裸地在海底行走，蓝色的波涛一层层地翻涌过来，海女也如海草一般随之摇晃起来，身体也随之变形，身形的轮廓也逐渐模糊。虽然看起来像是个白色的妖怪，但瞬间浮出水面时，蓝色的海水一层层地褪去，形状也变得清晰起来，突然从水下探出一个头来，就像觉醒一般，水中的白色妖怪忽然间现出人形。贴画中的少女也是如此，她慢慢出现在望远镜的视野中，变得如实物般大小，充满了生命力并蠢蠢欲动了起来。

通过这个来自于十九世纪的古色古香的棱镜望远镜，可以窥探到一个我们无法想象的神奇世界。在那里，梳着结绵头的美娇娘和穿着古风西装的白发男子，以另类的形式生活着。我像是一个魔法师一般，带着些许恶趣味，窥探着他们的生活，那种好奇和愧疚交织的心情真是难以形容。我像是被迷住了一般，急切地想对这个世界一探究竟。

眼前的女人虽然没有动，但是她散发的气质却在以肉眼可见的速度发生蜕变，她苍白的脸蛋充满了生气，面颊也升起两片酡红，脉搏也开始跳动。（实际上我甚至听见了她的心跳声。）肉体透过丝绸外衣，蒸腾出旺盛的生机。

我大略地扫视了一番女人的全貌，接着便把望远镜对准了女人亲切地依偎着的白发男人。

那个老人在望远镜的世界里同样像个活人一般，不过他们之间像是差了有四十岁。他将手搭在女人的肩膀上，一副浓情蜜意的景象。在镜头的特写下，男人沧桑的脸上有数百条皱纹，然而令人惊讶的是在这些皱纹之下还埋藏着一股苦闷之色。这也许是因为镜头离老人的脸仅有一尺近的原因，越是观察他的表情越是感觉到毛骨悚然，那是一种悲痛和恐惧混杂在一起的异样表情。

看到这，我不禁感到梦魇般的感觉，没有心力再继续观看了。不由得放下了望远镜，开始东张西望了起来。四周没有任何变化，依旧是那个寂寞的夜晚和独行的火车，无论是贴画还是举着贴画的老人都没有变化，窗外依旧是漆黑一片，单调的车轮声独自在山间回响。一时间，心中充满了摆脱噩梦的庆幸。

“您的脸色好像不太好。”

老人把画框放回了原来的地方，又回到了座位上，我和他相对而坐时，他一边打着手势一边看着我的脸说道。

我不好意思地解释道：“不知道为什么有点头晕”

于是老人猫着背，一下子把脸凑到我这边，像是要表达什么，不断地用他的细长手指在膝盖上写写画画，同时也向我低声细语：

“他们还活着，对吧？”

说完又更加低着腰，瞪圆了眼睛，好像生怕看不见我的毛孔，煞有其事地低语道：

“你想知道他们真正的身世吗？”

我因为火车的摇晃和轰鸣声没有听清老人低沉，嘟囔的声音，我甚至在想是不是我听错了。

“您要讲述您的身世吗？”

“是的，我要讲述我的身世。”老人果然低声回答了我。“特别的是，这是关于一个白发苍苍的老人的身世故事。”

“是从年轻的时候开始讲述吗？”当晚我不知为何说了这些离谱的话。

“是的，从二十五岁开始讲述。”

“那我便洗耳恭听。”

我像是催促普通人一样，催促老人讲述他们之间不普通的故事。我像是毫无顾忌，不断地催促眼前的老人赶快开始。于是老人和善地笑了起来，脸上的皱纹也随之歪斜，像一朵绽放的菊花。“啊，您果然想听啊。”说着便开始讲述他的传奇故事。

“因为那是影响我一生的大事件，所以时间我记得很清楚。那是明治二十八年的四月，我的哥哥（说着便指了指贴画中的老人）在二十七日的夜晚发生了意外。当时我和哥哥还住在一间屋子里，房子是在日本桥街道的三丁目，我们的父母经营着绸缎生意。当时附近建造了一座凌云阁，被尊称为浅草十二层，于是哥哥每天都登上凌云阁游玩。话说回来，哥哥极其喜欢异国的稀奇玩意，当时正好有一家新的商店开张。哥哥的这个望远镜就是从店里的一位外国船长手中买来的，而他则是从横滨的中国人开的奇妙道具屋里淘来的，哥哥当时为了买下它可是花了一大笔钱。”

老人每次提到“哥哥”都会看着和指一下画中的老人，就像是他的哥哥真的坐在那里一样。老人大概是将自己的哥哥与画中的人弄混淆了，仿佛画中的人能听见他的话一般。我立刻意识到老人说话的语气是默认了现场还有第三者，但奇怪的是，我并不觉得他的语气有任何违和感。那一瞬间，我们的谈话像是超越了自然法则，与自己的世界分离了，像是住进了不同的维度。

“您登上过十二楼吗？啊，您没有，那真是遗憾啊。那究竟是哪个魔法师建造的呢？谁也不知道它的实际用途，真是个奇怪的东西。江湖传闻是意大利设计师巴尔顿设计建造的，有时间一定要考虑去看看啊。说起那时的浅草公园，提到有名的东西，首屈一指就是蜘蛛男的杂技，女子剑舞，踩球杂耍，源水陀螺，以及拉洋片等。最好玩的还得是富士山神灵的杰作，被称为迷宫的八卦隐杉杂耍。在那里，突然间就会有连绵高耸的砖塔拔地而起，能不让人吃惊吗？它的高度有四十六间房间大小，八角形的穹顶就像是唐人的帽子一样尖，在东京，随便爬上一座高楼，都能看见这个红色怪物。”

正如我刚才所说，那是明治二十八年春天，哥哥刚得到这副望远镜不久，在他身上就发生了一些奇怪的事情。父亲也一直很担心哥哥的精神状态，如您所想，我和哥哥的感情很好，看到哥哥奇怪的样子，我非常担心。哥哥不好好吃饭，也不和家人说话，在家时就把自己关在一间屋子里想心事。他的身体逐渐消瘦，像肺病患者一样面如土色，两只眼睛瞪得很大。他本来平常脸色就很不好，而且现在脸色变得更青、更沉，真是可怜。每天他都会魂不守舍地出门，像去工作一样，从中午一直到傍晚。我问他要去哪里，他也不说。母亲很担心，不停地询问他遇到了什么困境，可他就是不说。这种情况持续了大约一个月左右。

我实在太担心哥哥了，有一天，我悄悄地跟在他后面，想知道他到底要去哪里，母亲也曾让我多留意哥哥的走向。当日也像今天这样天气阴沉，浑浊的粘稠感真让人感到不适。不过哥哥又和平日一般例常外出，他穿着在当时非常时髦的黑天鹅绒西服，这是他按照自己的风格定制的，然后肩上挂着这副望远镜，悠哉游哉地朝日本桥街道的铁道马车的方向走去。我趁哥哥没注意偷偷跟了过去了。紧接着，哥哥登上了一辆开往上野的铁道马车。与当今的电车不同，铁道马车数量稀少，我无法立即乘坐下一辆车。没办法，我只好拿出母亲给的零花钱，叫了一辆人力车。虽说是人力车，但只要拉车夫力气够大，跑的够快，人力车也能追得上铁道马车。

哥哥下了铁道马车，我也下了人力车，小心翼翼地跟在后面。之后，他走到的地方竟然是浅草的观音菩萨神社。哥哥从店堂前穿过，穿过佛堂后面的杂耍屋，拨开人潮，来到刚才说的十二层楼前。他走进石门，付了钱，从匾额上写着“凌云阁”的入口走进塔内，人影一闪便消失了。我做梦也没想到哥哥每天都来这种地方，真让人吃惊。那时候我还不到二十岁，脑海里有一个奇怪的念头:哥哥是不是被十二楼的怪物迷住了。

我曾随父亲上过一次十二楼，之后就再也没有去过，所以对它有点莫名的抵触，但哥哥要上，我也没办法，只好跟着他，不过我一直保持比他低一层楼，踩着阴暗潮湿的石阶，视野逐渐明亮了起来。窗户也不大，砖墙又厚，里面像地窖一样寒冷。而且当时正值甲午战争，其中一面墙上挂着战争宣传的油画，这在当时是很少见的。有像狼一样嚎叫着冲锋的日本兵，也有被铁炮刺穿腹部，双手按住喷薄而出的血浆，脸和嘴唇发紫挣扎着的中国士兵，还有梳着辫子的脑袋，如气球一般被炸上高空，这幅令人作呕的血腥油画，在从窗户射进来的昏暗光线下闪烁着异样光芒。阴森森的石阶就像蜗牛壳一样，一层一层地往上延伸，让人无不感到诡异。

顶上只有八角形的栏杆，没有墙壁，是一条视野开阔的走廊，复行数十步豁然开朗，这让经历了漫长的昏暗旅程后的我不由地大口喘息起来。举头红日近，挥手白云低，放眼望去，东京的屋顶像垃圾堆一样乱糟糟的，品川的御台场看起来像一个盆景。我忍着头晕的感觉往下看，观音菩萨的佛堂也变得低矮，戏棚里的杂技演员也像小玩具一样滑稽，围观的路人也只能看到头和脚。

山顶上聚集了十多名观众，他们一脸害怕的样子，一边小声嘀咕一边眺望着品川的大海，我回头一看，哥哥一个人站在远处，他拿起望远镜，不停地窥视着浅草寺内。从后面看过去，只见白蒙蒙的云中清晰地浮现出哥哥穿着天鹅绒西服的身影，看不见下面乱七八糟的东西，所以虽然知道那是我哥哥，但我总觉得他就像西洋油画中的人物，仙气十足，踌躇间竟不好意思打扰他。

但是一想起母亲的话，我知道不能再这样下去了，于是我走到哥哥身后，对他说："哥哥，您在看什么?"

哥哥吓了一跳，回头一看，露出尴尬的表情，不过什么也没说。

"哥哥最近的样子让爸爸妈妈都很担心，我正纳闷您每天都到哪里去了，原来哥哥是到这种地方来了。请您告诉我来这里的原由，我们平时关系那么好，你忍心瞒着我吗。"趁着附近没人，我试图劝说哥哥。

虽然他一直再三缄口，但在我的一再恳求下，哥哥似乎也认输了，终于把一个月以来埋藏在心里的秘密告诉了我。不过没想到，哥哥的烦恼竟是那么的离奇。哥哥说，大约一个月前，他登上十二楼，用这副望远镜眺望浅草寺时，在人群中瞥见一个女孩的脸。那位少女真是美妙绝伦，令人一见倾心，就连平日里对女人漠不关心的哥哥，也被这个望远镜里的少女迷倒了。当时哥哥只看了一眼便着魔一般放下了望远镜，等到他想再看一次时，镜头却再也捕捉不到女孩的脸。望远镜里的景物看起来很近，但实际上却是在很远的地方，而且人来人往，就算看到一次，也不容易看到第二次。

从那以后，哥哥就再也无法忘记望远镜里的那位美丽的少女，因为他性格内向，所以患上了传说中的的相思病。也许现在看来觉得可笑，但那个时代有很多文人雅客，那时很多男人会因为女子无意中的一瞥而一见钟情并染上相思病。不用说，哥哥也是因此茶不思饭不香，身体也变得虚弱，整日想着她会不会从观音寺经过，所以哥哥每天都像上班一样爬上十二楼，用望远镜巡视。爱情真是不可思议啊。

哥哥告诉我秘密后，又开始像热病患者一样盯着望远镜看，我很同情哥哥，尽管这只是他的一厢情愿，注定是毫无希望，但我也不愿阻止他。我含着泪水望着哥哥的背影。直到现在...啊!我依旧无法忘记那怪异而美丽的景象。虽然已经是三十多年前的事了,但只要闭上眼睛,那梦幻般的色彩就会清晰地浮现在眼前。

正如我前面提到的，站在哥哥身后，我能看到的只有天空，在一片朦胧的云雾中，哥哥那身瘦削的洋装身影像油画一样浮现出来，我误以为他的身体在空中漂浮着，向缥缈的云雾移动着。就在这时，突然像放了烟花一样，白茫茫的天空中，无数红的、蓝的、紫的小球争先恐后地飘了上去。虽然说了您可能也不明白，但真的像画一样，又像是什么前兆，我感到一股难以言说的奇怪氛围。发生什么事了？我赶紧朝下看去，原来是卖气球的人一时疏忽，让橡胶气球们逃走了，不过那时的橡胶气球可比现在的稀少有得多。虽然知道了真相，奇怪的氛围一直萦绕在心头。

令人惊讶的是，这似乎成为了一个契机。这时，哥哥看起来非常兴奋，苍白的脸瞬间充满异样的潮红，喘着粗气，走到我跟前，突然拉起我的手说:“走吧，我们走吧。不快点去的话就来不及了”拽着我的手向前走去。我被他拉着，一边沿着石阶往下跑，一边问明原因，他说好像找到了朝思暮想的少女，她坐在铺着青榻榻米的宽敞房间里，现在去应该可以找到，她一定还在那个地方。

哥哥说他所看到的地方，是以观音堂后面的一间宽敞的客厅，标志是一棵大松树。我们俩去那里找了一遍，确实有松树，但那附近连个像样的房子都没有，简直像被狐狸精迷惑了一样。我虽然觉得哥哥已经着魔了，但看到他垂头丧气的样子，实在太可怜了，为了安慰他，我把附近的茶屋都找遍了，也没有那个少女的身影。在寻找的时候，我和哥哥走散了。

在茶屋转了一圈，过了一会儿我又回到原来的松树下，那里摆着各种各样的小摊，有一家拉洋片的小贩正在吆喝，鞭子发出清脆的啪啪声，我看了看，哥哥正弯着腰，通过望远镜努力地窥视着。我拍了拍他的肩膀说:“哥哥，你在干什么?”他吓了一跳，回头一看，我至今忘不了哥哥当时的表情。该怎么形容呢，就像梦游一样，表情癫狂扭曲，眼睛望着远方，就连跟我说话的声音，听起来都很空洞。哥哥兴奋地说道:“你看，我的少女就在这里面呢。”

听他这么说，我急忙付了钱，往里一看，原来那是蔬菜店阿七的故事。那是在吉祥寺的书院里，阿七和吉三一起依偎着的温馨场景，我永远都忘不了那个画面。店主夫妇一边用沙哑的声音唱着，“佳人在畔哟，眉目传情哟”一边用鞭子打着拍子。对了，那种奇怪的曲调，直至至今似乎还在我的耳边萦绕，

望远镜里的画是贴画，应该是名家之作吧。阿七的脸是如此生动美丽，甚至在我看来，她好像真的活着，所以哥哥能说出那种话也不无道理。哥哥说:“就算知道这少女是一副画，我还是不会放弃，虽然很可悲。但哪怕只有一次也好，我想代替画中的吉三，和这个女孩说说话。”他呆呆地站在那里，一动也不动。我仔细一想，拉洋片需要捕捉光线，因此箱体顶端是打开着的，所以从十二层的顶端以一定角度是能看到画的。

这时，天色已近黄昏，人群已经开始变稀疏，只剩下两三个梳着短发的孩子恋恋不舍地在望远镜店前徘徊着，始终不愿离开。从白天开始就乌云密布，到了黄昏时分，天空好像马上要下雨似的，黑云压城城欲摧，更让人觉得压抑难受，紧接着雷声从远处传来。哥哥此时依旧站在那里，凝视着远方，其间大概足足有一个小时。

当暮色渐浓，远处的踩球摊的瓦斯灯散发出美丽的光芒，哥哥像猛然醒过来似的，突然抓住我的手臂说:

“啊，我想到一个好主意。拜托了，你把望远镜倒过来，把大玻璃镜头靠近眼睛，然后从那里看我好不好?”

我问他为什么，他却说“别管了，就这么办吧。”

并没有回答我的问题。我生来就不喜欢镜头，所以无论是望远镜还是显微镜，在小小的镜片中:远处的东西飞到我面前，小虫子也会变得像野兽一样大，这种神奇的效果让我感到毛骨悚然。我也很少看哥哥珍藏的望远镜，正因为我很少用，所以更觉得那是个神奇的机器。而且现在天黑了，也看不清人脸。观音堂后鬼影绰绰，他还让我反拿着望远镜看他，此情此景不禁让人感觉疯狂和毛骨悚然，但因为是哥哥拜的请求，我也只好硬着头皮答应了。因为是倒过来看，站在五六米远的哥哥的身影缩小到两尺左右，虽然很小，却能在黑暗中清晰地浮现出来。画面中只剩下穿着洋装的变小的哥哥，一动不动地站在眼镜的正中央。大概是哥哥

在往后退吧，所以他越变越小，最后变成了一尺大小的人偶一样，可爱极了。然后，他的身影忽地浮在空中，转眼间就融入了黑暗之中消失不见了。

我吓得跳了起来，（这么大的年纪说这样的话可能有点丢脸，但当时我真的感到吓得差点丢了魂。）直接扔下望远镜，大喊了一声“哥哥”，朝哥哥消失的地方跑去。可是，不知为什么，怎么找都找不到哥哥的身影。从时间上来说，他不可能跑得有多远，可无论我怎么找都找不到。我的哥哥就这样从这个世界上消失了……从那以后，我更加害怕望远镜这个有着魔性的机器了。尤其是这副不知道是哪个国家的船长用过的望远镜，我一直对它心怀恨意。其他的望远镜我不知道，但这副望远镜，无论发生什么事，都不能反过来看。我坚信，如果把它颠倒过来看，就会发生不测。您刚才把这个倒过来时，我急忙阻止您的原因，您应该明白了吧。

经过漫长而令人厌倦的寻找后，我又回到了之前的的拉洋片店前。此时突然灵光乍现，哥哥是不是因为太迷恋画中的少女，于是借助这个神奇的望远镜，把自己的身体缩成和画中画的女孩一样的大小，然后悄悄地潜入画中的世界了吧。于是，我再三请求还没收摊的店主，再让我看一眼吉祥寺的场景，果然，哥哥变成了画中人物，在油灯的光亮中，他代替了吉三，一脸幸福地和阿七相拥着。

但是，我并不觉得悲伤，哥哥实现了他的愿望，我为他的幸福高兴得流下了眼泪。我跟店主商量道，不管画有多贵都要把画让给我，（奇怪的是，店主丝毫没有注意到穿着西服的哥哥代替了小姓吉三坐在那里）。我飞奔回家，我把事情一五一十地告诉了母亲，可他们怎么说？他们说我是不是疯了，无论我怎么说他们都不肯相信。这不是很滑稽吗?哈哈哈哈。”

老人不禁大笑了起来，奇怪的是，我像是身临其境，也跟着一起哈哈大笑起来。

“他们认为人是不可能变成贴画的，但哥哥被变成贴画的证据就是，从那之后他的身影突然从这个世界上消失了。可是，他们却把哥哥说成是离家出走，简直是胡说八道，太荒唐了。最后，我不管他们在说什么，向母亲要了钱，终于买到了那张拉洋片店中的贴画。我带着它从箱根去镰仓旅行，想让哥哥来次新婚旅行。坐在火车上，我不由得想起了当时的情景，那天就像今天一样，我把这幅画靠在车窗上，让哥哥和嫂子看看外面的景色。哥哥是多么的幸福啊，少女又怎么会讨厌哥哥的这份真心呢?画中的两人一定就像真正的新婚燕尔的小夫妻一样，脸色羞红地耳鬓厮磨，没完没了地说着情话。

后来，父亲结束了东京的生意，搬到了富山附近的故乡，我也从那时起定居在那里，自那以后已经过去三十年了，我想让哥哥也见识一下久违的东京，所以我又带着哥哥一起旅行。

然而，你看，可悲的是，那个女孩虽然像活着一样，但毕竟是人制造出来的，她永远不会老去，而我哥哥，即使变成了贴画，也只是勉强改变了形态，实际上还是个活生生的人，所以和我们一样会变老。你看，他曾是一个二十五岁的美少年，如今已经白发苍苍，脸上布满了难看的皱纹。君生我已老，对哥哥来说，是一件多么悲伤的事啊！对方永远年轻美丽，而自己却衰老不堪，真是太可怕了。哥哥的脸上总是挂着一丝忧愁，从几年前开始，他就总是这样一副痛苦的表情。一想到这，我就觉得哥哥真是个可怜人。”

老人黯然地望着画框里的老人，过了一会儿，好像突然意识到什么似地说道:

“啊，我说了一个那么长的故事，我想您应该听懂了吧，您不会像其他人那样也认为我是个疯子吧。啊，看来您是懂我的。哥哥他们也累了，而且我还把他们放在您面前，说了好些话，他们一定很难为情吧，那我现在就告辞了。”

说着，他把画框用黑色方巾包了起来。刹那间，不知是不是我的错觉，画板上的人物的脸微微晃动，一脸羞涩，唇角似乎在向我微笑致意。老人就此沉默了，我也沉默不语。火车依旧在黑暗中行驶，发出沉闷的轰隆轰隆声响。

过了十分钟左右，车轮的声音慢了下来，窗外隐约可见两三盏灯火闪烁，火车停在了山间一个不知何处的山里的小站，只见一个列车员孤零零地站在站台上。“那么我就先走了，我要在这里的亲戚家住一晚。”老人抱着包裹，倏地站了起来，丢下这句话，便走出了车外。从车窗往外一看，老人瘦长的背影(看上去就像是那贴画中的老人)站在破败的栅栏边，把车票递给了列车员。然后，便隐入黑暗中消失不见了。

著者略歴
李　暁光（り　ぎょうこう）
1983年生。
黒竜江省出身、北京第二外国語大学日本語文学修士。
現在、中国の大学にて日本語講師。日中比較文学研究、
3カ国語習得に関する研究。

黄　麗珠（こう　れいじゅ）
1987年生。
安徽省皖南医学第一附属医院副主任医師。
日本文学愛好者。

江戸川乱歩
ISBN978-4-434-32412-3　C3097

発行日　2023年6月　15日　初版第1刷
総字数　40千字
著　者　　李　暁光
　　　　　黄　丽珠
発行者　　東　保司

発行所
耀歌書房（とうかしょぼう）
〒811-1365　福岡市南区皿山4丁目14-2
TEL　092-511-8111　FAX　092-511-6641
E-mail:e@touka.com　http://www.touka.com

星雲社（共同出版社・流通責任出版社）

Book Design
Mari Fukamachi

ISBN978-4-434-32412-3
C3097 ¥2000E
発行：櫂歌書房
発売：星雲社
定価 2,200円(本体2,000円+税10%)